COURS
SANS TE RETOURNER

Published by arrangement with the Institute
for the Translation of Hebrew Literature

87, quai Panhard-et-Levassor – 75647 Paris Cedex 13
ISBN : 978-2-0812-6722-0

URI ORLEV

COURS SANS TE RETOURNER

Traduit de l'hébreu par
Sylvie Cohen

Flammarion Jeunesse

Cette histoire s'inspire des confidences que j'ai reçues de Yoram Frydman, qui avait cinq ans lorsque les Allemands ont envahi la Pologne au début de la Deuxième Guerre mondiale, et huit quand il se retrouva seul au monde, au paroxysme du conflit.

Quand des enfants sont confrontés à une telle situation, certains ne se laissent jamais abattre par le destin, si cruel et tragique soit-il, car la force vitale qui les anime est plus forte que tout. On sait que la réalité dépasse souvent la fiction.

L'auteur

1

On a à manger et on est libre. Pas de réponse.

Il était très tôt le matin. Les rues étaient encore désertes.

— Viens, Srulik, dit David en prenant la main de son petit frère. On va du côté polonais.

— Comment ?

— Comme les trafiquants. Je les ai vus, il y a une brèche dans le mur, derrière la maison d'en face.

Srulik était tout excité. Il n'était pas toujours d'accord avec son frère, à peine plus âgé que lui, mais, cette fois, la proposition était alléchante.

— Qu'est-ce qu'il y a du côté polonais ?

— On a à manger et on est libre.

Srulik savait ce que voulait dire manger, mais être libre ?

— C'est quoi être libre ?

— C'est quand il n'y a pas de mur et qu'on peut marcher, marcher, marcher sans que personne t'arrête nulle part. Mes copains font le guet près du poste de garde et quand ils repèrent un Allemand gentil, ils courent du côté polonais.

— Tu l'as déjà fait ?

— Pas encore. Mais ce passage, c'est beaucoup mieux.

— Comment est-ce qu'on a à manger de l'autre côté ? poursuivit Srulik.

— On mendie et puis on achète de la nourriture à l'épicerie avec l'argent. On trouve tout ce qu'on veut à l'épicerie, comme chez Mme Staniak, à Blonie, avant la guerre.

— Même des bonbons ?

— Même des bonbons.

Srulik avait les cheveux roux, des taches de rousseur, les yeux bleus et un délicieux sourire. Quand ils étaient encore chez eux, après l'invasion de la Pologne par l'Allemagne et en pleine crise économique, il faisait du charme à son père, qui lui donnait quelques sous en cachette pour s'acheter des friandises, à l'épicerie de Mme Staniak. Maintenant, papa n'avait plus un sou à donner à son fils cadet.

— D'accord, on y va, fit Srulik.

— Mais... il faut faire attention aux voyous.

— Qu'est-ce qu'ils font ?

— Ils cognent.

— Fort ?

— Très fort. Tu veux quand même venir ?

— Oui, répondit Srulik sans hésitation.

Ils sortirent par la brèche dans le mur et aperçurent deux jeunes Polonais qui les regardaient d'un air narquois.

— Viens, on fait demi-tour, dit David.

Srulik était désolé. Pas seulement à cause des bonbons, mais à cause de l'autre chose, de pouvoir marcher et marcher, comme avant, lorsqu'ils se promenaient dans la campagne, quand ils étaient encore à la maison, dans leur bourgade.

David parla aux parents de ce passage dans le mur, et ils décidèrent de quitter le ghetto[1] pour retourner à Blonie. Un de leurs amis polonais accepterait peut-être de les cacher. Il y avait un an et demi qu'ils avaient été chassés de leur village, un an et demi de souffrances, mais tout valait mieux que de mourir lentement de faim ici, dans le ghetto de Varsovie. Il avait donc été décidé que les parents partiraient les premiers avec le petit Srulik. En cas de succès, ses deux frères et leur sœur les rejoindraient. Mais comment savoir que les parents s'en étaient sortis ? Ils enverraient une carte postale

1. Nom initialement donné au quartier juif de Venise au XVIe siècle. En 1939, Hitler décida de rassembler de nouveau les juifs dans des ghettos. Le premier fut celui de Lodz, puis d'autres, dont celui de Varsovie qui comptait un demi-million de personnes. Ces ghettos n'étaient en fait qu'une étape vers les camps d'extermination.

avec le texte suivant : *« Il y a longtemps que nous n'avons pas eu de vos nouvelles. Dites-nous si vous allez bien. Jacek. »* Qui était ce Jacek ? Un nom polonais quelconque, avait répondu leur père. « Et si on ne reçoit pas la carte ? — Partez quand même et allez à Blonie. »

Srulik se rappelait très bien leur bourgade. Ils habitaient une vaste pièce unique, papa, maman, leur oncle, grand-père et les cinq enfants. Leur oncle et Faige, leur sœur aînée, s'étaient enfuis en Russie au début de la guerre. Un jour, on avait emmené grand-père à l'hôpital et il n'était jamais revenu.

David guida les parents et Srulik jusqu'à la brèche. Ils lui dirent au revoir et gagnèrent l'« autre côté ». Le soleil était encore haut dans le ciel. Ils marchèrent dans les rues de Varsovie, et on aurait dit que la paix régnait dans le monde. La seule ombre au tableau était les Allemands qu'on apercevait de temps à autre dans la rue.

« Ne nous pressons pas, souffla le père, on doit nous prendre pour de simples passants. Ne regardez pas les Allemands, ni les policiers. Il faut faire comme si on avait l'habitude de passer par là chaque jour. »

Mais Srulik ne pouvait s'empêcher de tout regarder, les vitrines, les mères élégantes poussant le landau de leur bébé, les voitures, les tramways et les fiacres tirés par un ou deux chevaux, sans parler des Allemands et des policiers. Ses parents ne voyaient rien, occupés qu'ils étaient à ne pas courir, à ne pas avoir l'air de fuir, mais simplement de se promener en compagnie de leur petit garçon. Ils sortirent ainsi de la ville.

Srulik exultait. Il souriait aux vertes prairies, aux fleurs sur les bas-côtés de la route, aux vaches et aux chevaux qui paissaient dans les prés, au ciel bleu, immense, suspendu à l'horizon, et à la ville qui ressemblait à un mince trait sombre, dans le lointain. Tout était comme avant, comme s'il n'y avait jamais eu la guerre. Brusquement, trois motocyclistes allemands surgirent en face d'eux. Son père sauta dans le fossé au bord de la route. Sa mère roula avec son fils de l'autre côté. Les Allemands ne trouvèrent pas le père. Ils arrêtèrent la mère et l'enfant. Ils les firent monter dans le side-car et les conduisirent à la Gestapo. Là, on fouetta la mère. Ensuite, on la ramena avec son fils dans le ghetto, où elle s'écroula sur son lit.

Le père ne revint pas.

Deux semaines plus tard, une fois rétablie, la mère trouva la force d'emmener son fils faire les poubelles. Elle ouvrit le couvercle et souleva Srulik pour le hisser à l'intérieur, même s'il lui avait répété cent fois qu'il était capable de grimper seul. Il courait, prenait son élan, sautait, s'agrippait de chaque côté de la benne, il pivotait sur lui-même et se glissait à l'intérieur. C'était facile avec celles qui étaient en brique et un peu plus périlleux avec les poubelles métalliques.

— Tu te salis moins quand je t'aide, lui avait assuré sa mère.

— Mais qu'est-ce que ça change, maman ?

« Elle a quand même peut-être raison », songea-t-il.

Srulik se concentra sur sa tâche. Il fouillait des deux mains en s'aidant parfois d'un bâton ou d'un bout de bois. Il cherchait des épluchures de pomme de terre, de carotte ou de betterave, des pelures de pomme ou n'importe quels restes de nourriture, et il trouvait quelquefois du pain rassis, dur et moisi. Il jetait le tout dans un panier que, une fois rempli, il passait à sa mère qui patientait près de la poubelle.

Sa mère triait ses trouvailles, elle les nettoyait et en faisait un maigre repas. La famille recevait bien des tickets de rationnement, mais ils seraient tous morts de faim s'ils avaient dû s'en contenter. L'hiver, quand il faisait froid, il avait beaucoup de mal à chercher dans les poubelles. Il avait les doigts gelés. Jusqu'au jour où il avait trouvé des gants de laine troués que sa mère avait raccommodés.

À présent, Srulik avait huit ans et c'était une chaude journée de la fin juin. C'était plus facile l'été, même si la puanteur était plus forte et que les mouches l'importunaient. Elles n'arrêtaient pas de vrombir autour de sa tête. Il avait beau leur dire qu'il n'y avait rien pour elles sur sa figure et qu'elles seraient mieux inspirées de chercher dans les ordures, elles ne l'écoutaient que lorsqu'il découvrait quelque chose de particulièrement répugnant, qu'il mettait de côté et sur quoi elles fondaient aussitôt. Les mouches normales et aussi celles à l'abdomen vert et brillant. « Les mouches des morts », comme les appelait son frère, David. Mais, cette fois, Srulik n'avait rien trouvé de dégoûtant, et il fut impuissant à les éloigner.

— Maman ? appela-t-il pour remettre à sa mère le panier plein.

Il n'y eut pas de réponse et aucune main ne se tendit. Il se redressa pour jeter un coup d'œil audehors. Des enfants jouaient au football au pied du mur qui barrait la rue. Il sauta par terre, fit le tour de la benne en courant et continua à courir dans la rue en examinant les passants. De loin, il crut reconnaître sa mère dans une silhouette recroquevillée sur les marches d'une boutique. Non, ce n'était pas elle. Il rebroussa chemin – peut-être était-elle revenue. Quelqu'un déversait un seau d'ordures dans la benne, mais sa mère n'était pas là. Elle avait disparu comme si la terre l'avait engloutie.

Srulik faisait craquer ses jointures, exactement comme sa mère quand elle était découragée ou effrayée. Il ne savait pas comment rentrer à la maison. Il regarda alentour d'un air absent. Rien n'avait changé. De chaque côté de la rue, les maisons et les fenêtres l'observaient, comme avant. Les enfants jouaient toujours dans le terrain vague, près du mur. Et Srulik n'avait pas changé lui non plus, du moins en apparence. Il y avait comme un vide dans son cœur qui se transformait en abîme. Au dernier moment, il se ressaisit et courut jouer avec les enfants.

2

Tu es capable de voler ?
Ne bouge pas, petit. Je vais te sortir de là.

Srulik était un enfant agile, doté de longues jambes. Il avait appris à jouer au football dans le petit ghetto boueux de sa bourgade. Et le ballon, une boîte de conserve enveloppée de chiffons, lui était familier.

Ils étaient huit, et il fit le neuvième. Les enfants se réorganisèrent. L'un d'entre eux quitta la partie et alla s'asseoir sur les marches. Il portait une veste, trop grande et fripée, qui avait dû appartenir à un adulte. Il faisait encore chaud en cette fin d'après-midi et le lourd vêtement l'embarrassait pour jouer. Peu après, la partie s'arrêta et les enfants se concertèrent en regardant Srulik. Ensuite, ils firent cercle autour de lui pour l'examiner attentivement.

— Il est maigre et pas très costaud, constata le plus grand des garçons.

— Il fera l'affaire, affirma un autre.

— L'affaire pour quoi ? demanda Srulik.

— Tu as faim ? questionna le grand type.

— Oui, dit Srulik

Le grand type appela le garçon à la veste.

— Mojsiele !

Srulik remarqua que les poches du vêtement étaient bourrées à craquer.

Mojsiele vérifia qu'il n'y avait personne avant de tirer un saucisson d'une poche et, de l'autre, un canif avec lequel il coupa une tranche épaisse qu'il tendit à Srulik. Un vrai régal !

— Tu vas venir avec nous et, quand il fera nuit, tu entreras par une lucarne dans une boutique où il y a d'autres saucissons comme ça. L'ouverture est tellement étroite qu'aucun d'entre nous n'a réussi à s'y glisser, mais peut-être que tu y arriveras, toi. Tu es capable de voler ?

Srulik haussa les épaules. Il en était capable. Il était prêt à tout pour un saucisson comme celui-là.

— Donne-m'en encore, supplia-t-il.

— Jankiel, je peux ?

— Oui, répondit le grand type.

Les enfants jouèrent jusqu'à ce que le crépuscule enveloppe le ghetto. Ils cachèrent le ballon derrière un tas de ferraille et slalomèrent au milieu des nombreux passants qui encombraient les rues. Ils finirent par arriver à un porche, condamné par des briques, où ils s'abritèrent pour attendre le couvre-feu, qui n'allait plus tarder car les rues se vidaient. Entre-temps, Mojsiele, le garçon à la veste, était revenu et, tirant le saucisson et le couteau de ses poches, il en tailla une bonne tranche à chacun. Après le repas, il sortit des cigarettes et des allumettes, coupa chaque cigarette en deux et distribua les morceaux en faisant l'important. Les deux plus grands eurent droit à une cigarette entière.

— Tu fumes ? demanda-t-il à Srulik.

— Non.

— C'est obligatoire, si tu veux faire partie de la bande.

Un jour, son grand frère l'avait forcé à tirer une bouffée. Le goût était amer, la fumée l'avait fait tousser et il avait failli s'étrangler.

— Non, je ne veux pas.

— Laisse-le tranquille, dit Jankiel.

Un homme bien habillé passa et s'arrêta :

— Voyous ! lâcha-t-il.

— Quelques sous, monsieur, s'il vous plaît, pour manger, quémanda l'un des garçons.

— De l'argent, vous en avez bien pour des cigarettes, non ?

L'homme s'en alla.

À présent, la rue était déserte et les enfants s'apprêtèrent à mettre leur plan à exécution. Le magasin qu'ils voulaient cambrioler se situait dans un immeuble jouxtant une ruelle. C'était là que se trouvait le vasistas.

— Allez-y, criez ! leur enjoignit Jankiel.

Les autres se mirent à hurler, comme s'ils se battaient, pendant que Jankiel brisait la vitre avec une pierre. Une fenêtre s'ouvrit au-dessus de leurs têtes.

— Espèces de vauriens. Fichez le camp d'ici ! vocíféra quelqu'un.

— Oui, madame, dit Mojsiele.

Ils quittèrent les lieux pour y revenir quelques minutes plus tard. Jankiel passa la main à l'intérieur de la vitre brisée et ouvrit la fenêtre ; ensuite, il attacha Srulik avec une corde et celui-ci parvint à se faufiler à l'intérieur. Jankiel le fit atterrir en douceur.

— Hé, le rouquin, n'enlève pas la corde surtout ! Enroule-la autour de toi, lui chuchota-t-il d'en haut. Qu'est-ce que tu vois ?

Srulik tenta de regarder autour de lui, mais il faisait trop sombre.

— Je ne vois rien du tout.

— Mojsiele, pourquoi tu ne lui as pas donné des allumettes ? s'écria Jankiel, furieux.

— Tu n'avais qu'à le faire toi-même.

Une boîte d'allumettes tomba par terre, à côté du mur. Srulik la ramassa en tâtonnant et en alluma une.

— Tu vois des saucissons ?

— Non.

— De la vodka ?
— Comment on la reconnaît ?
— C'est écrit dessus.
— Je ne sais pas lire.
— Montre-moi une bouteille par la fenêtre.

Il trouva une chaise, la posa sous la fenêtre, y grimpa et brandit la bouteille le plus haut possible.

— Génial ! Il y en a combien comme ça ?
— J'en vois encore deux dehors. Il y en a peut-être dans la vitrine, mais c'est fermé à clé.
— Cherche des cigarettes.

Il faisait pratiquement la même chose que lorsqu'il fouillait les poubelles pour sa mère sauf que, cette fois, il s'agissait de cigarettes, d'allumettes, de quelques bouteilles de vodka et de deux saucissons qu'il dénicha sous le comptoir. Il remonta sur la chaise pour remettre son butin. Jankiel lui dit de fourrer les boîtes d'allumettes dans ses poches et de lui passer le bout de la corde.

— Grouille !

Le grand type le fit remonter in extremis, juste au moment où ils entendirent la milice approcher. La petite troupe eut à peine le temps de décamper en vitesse.

Les enfants connaissaient bien les lieux et ils avaient repéré les immeubles qui n'étaient pas gardés. Ils dormaient dans les greniers. Ils choisissaient ceux où l'on entreposait de vieux chiffons et des matelas défoncés où ils s'organisaient pour la nuit. S'ils trouvaient la mansarde verrouillée, ils se contentaient de l'escalier.

Ils montèrent à l'aveuglette, entrèrent dans le grenier et, un peu plus tard, quelqu'un gratta une allumette et alluma une bougie.

— Mojsiele, j'ai encore des boîtes d'allumettes, annonça Srulik.

— J'ai les poches pleines, tu n'as qu'à les garder.

Mojsiele sortit du pain d'une cachette et ils s'assirent pour manger. Le menu était invariable – du saucisson, accompagné cette fois de grosses tranches de pain et d'eau. Après le repas, ils s'installèrent pour la nuit. Srulik traîna un matelas de chiffons à côté de celui de Jankiel. L'un des garçons le malmena pour lui reprendre son matelas.

— Hé, le rouquin, c'est le mien !

— Bas les pattes, le menaça Jankiel, maintenant c'est à lui.

Jankiel tira d'une caisse posée dans un coin ce qui avait autrefois été une grande capote militaire.

— Tiens, dit-il à Srulik, couvre-toi avec ça.

Srulik débordait de reconnaissance.

— J'éteins la lumière, annonça Mojsiele.

— Attends, attends... protestèrent quelques voix.

— Éteins, commanda Jankiel.

Mojsiele humecta deux doigts avec sa salive et éteignit la chandelle. Il faisait à présent noir comme dans un four. Et c'était la même chose dans les rues et les ruelles du ghetto de Varsovie. L'éclairage public ne marchait pas et les autorités avaient ordonné de camoufler les fenêtres dès le début de la guerre entre la Russie et l'Allemagne. L'hiver, quand le ciel était couvert et que la nuit tombait avant le couvre-feu, les gens se marchaient littéralement dessus dans la rue. Quelqu'un imagina des épingles phosphorescentes, de la taille d'un très gros bouton, que ceux qui en avaient les moyens accrochèrent au revers de leur manteau. Elles avaient des formes d'animaux – chiens, chats, papillons, oiseaux – et parfois de personnages de ramoneurs par exemple ! Pendant des semaines, Srulik regarda avec envie les passants qui arboraient une épingle brillante. Malgré ses supplications, son père ne pouvait lui en offrir une. Jusqu'au jour où il en trouva une, en forme de papillon, dans une poubelle. Il savait que, si on l'exposait à la lumière durant le jour, elle luisait la nuit. Il la posait sur le rebord de la fenêtre durant le court moment où les rayons du soleil se glissaient par-dessus les toits pour s'infiltrer par les fenêtres. La nuit, l'épingle jetait un éclat verdâtre grâce auquel on pouvait même distinguer le bout de ses doigts.

Une fois la bougie éteinte, le silence régna dans le grenier. On entendait les bruits des occupants de l'immeuble, des bribes de conversations, le tintement de la vaisselle, des grincements et des claquements de portes, des pas dans la cour. Srulik tira le papillon de sa poche pour atténuer un peu l'obscurité – c'était un rituel avant le coucher, depuis qu'il avait trouvé le papillon. Quand il fermait les yeux, il ne faisait plus noir. Dans ses pensées et ses rêves, brillait toujours la lumière qu'il avait recueillie tant qu'il gardait les yeux ouverts, illuminant les souvenirs gravés dans sa mémoire.

— Qu'est-ce que tu as dans la main ? demanda Jankiel.

— Une épingle phosphorescente.

— Montre.

Srulik chercha la main tendue de Jankiel et y déposa le papillon.

— Comment tu l'as eue ?

— Je l'ai trouvée dans une poubelle.

— C'est très joli, apprécia Jankiel en lui rendant l'épingle. Tu as bien travaillé aujourd'hui, Srulik.

— Qu'est-ce que vous allez faire avec la vodka ?

— On va la vendre. Comment nous as-tu rencontrés ?

— Je fouillais les poubelles et ma mère m'attendait en bas, et puis, soudain, elle n'était plus là.

Yankiel se redressa, sidéré :

— Tu as encore ta mère ?

— Oui, répondit Srulik sans comprendre en quoi c'était si surprenant.

En entendant que le rouquin avait sa mère, les autres s'approchèrent et s'assirent à côté de lui. Ils voulaient tout savoir sur la mère du petit garçon. Ils lui demandèrent à quoi elle ressemblait. Ce qu'elle lui donnait à manger. Ils avaient du mal à croire qu'il avait aussi deux frères et deux sœurs.

— Elle est jolie ?

Srulik était incapable de dire à quoi ressemblait sa mère tant ça allait de soi. Il ne s'était jamais posé la question de savoir si elle était jolie.

— Oui, dit-il.

— Et elle n'est pas morte ?

— Non, répondit-il, très sûr de lui.

— Elle est où ?

— Sûrement à la maison.

— Mais qu'est-ce que tu fiches ici, alors ?

— Je ne sais pas où j'habite.

— Tu ne connais pas le nom de la rue ?

— Non.

— Vous n'êtes pas de Varsovie ?

— Non, de Blonie.

Le ghetto de Varsovie était immense, à la différence de celui de leur petite ville. De grands immeubles et d'innombrables rues. Il comprit que ses nouveaux camarades venaient aussi de bourgades de la région et qu'on les avait regroupés avec leur famille dans des centres de rassemblement destinés aux réfugiés, où ils avaient perdu leurs parents.

— Essaie de réfléchir. Si tu peux te rappeler où tu habites, on essaiera de t'aider à retrouver ta mère, suggéra Jankiel.

— Et ta mère à toi, elle est où ? demanda Srulik.

— Elle est morte. Papa aussi, après notre arrivée à Varsovie.

Srulik s'étala sur le matelas. Il n'avait pas l'habitude de dormir seul. Son cœur se serra de nostalgie. Maintenant, il aurait accepté de bon cœur que son frère David le bourre de coups de pied et s'approprie la couverture. Il revit la maison, le portail, l'escalier de bois branlant. Il se représenta la porte d'entrée de leur appartement, ouverte durant la journée car il y avait toujours quelqu'un qui entrait ou sortait. Mais impossible de se rappeler le chemin. Il imagina sa mère allant et venant dans la chambre. Il la distinguait très nettement, comme si elle était là, toute proche. Il n'en revenait pas de la voir si près, si clairement, sans pouvoir la rejoindre.

Le jour se levait déjà.

Les grands vendirent la vodka et les cigarettes et se procurèrent du pain et du sucre. Srulik prit un morceau de pain, le trempa dans l'eau et le saupoudra de sucre. À la maison, sa mère leur coupait de belles tranches régulières, mais le pain avait exactement le même goût.

Ses nouveaux camarades l'emmenèrent chez leur ami, Jojne, le cordonnier, qui leur préparait du thé à condition qu'ils lui apportent le sucre. Jojne s'activait, assis à l'entrée du réduit qui lui servait d'atelier.

— On a un nouveau copain depuis hier, il s'appelle Srulik, dit Jankiel en guise de présentations.

Jojne l'examina un petit moment. Srulik lui sourit. L'homme lui tendit une main calleuse et lui prit doucement le menton.

— Dieu t'a donné quelque chose de rare, petit, dit-il en le dévisageant avant d'examiner ses souliers. Je n'ai pas le temps aujourd'hui, mais la prochaine fois, je réparerai tes chaussures.

— Il a encore sa mère, annonça Jankiel. Mais il ne sait pas où il habite.

Jojne se rembrunit, il installa Srulik en face de lui et lui demanda à quoi ressemblait sa rue.

— À n'importe quelle rue.

— Tu connais le numéro ?

— Oui, c'est le dix.

— Et le nom ?

— Je ne m'en souviens pas.

— Regarde, dit Jojne en désignant la plaque qui portait le nom de la rue. Tu te rappelles un panneau comme celui-là dans ta rue ?

Srulik fixa la plaque en secouant tristement la tête.

— Je vais aller à la police. Il est possible que quelqu'un cherche un enfant, décida Jojne. Et toi, dit-il à Jankiel, promène-le un peu dans le ghetto, vous tomberez peut-être par hasard sur son immeuble.

Après avoir bu leur thé, Jankiel emmena Srulik dans les rues bondées.

— C'est là ? lui demandait-il de temps à autre.

— Non, répondait invariablement Srulik.

Jusqu'à ce que, de guerre lasse, Jankiel capitule et que tous deux retournent auprès des autres.

Srulik commençait à s'habituer à sa nouvelle vie, dormir dans les greniers, déambuler dans les rues, chaparder dans les magasins durant la journée et les dévaliser à l'approche du couvre-feu. Ils jouaient de temps en temps au football dans la ruelle, près de la benne à ordures où il avait perdu sa mère. Chaque fois qu'ils y retournaient, Srulik allait voir si elle était revenue.

Jojne se rendit à la police juive, mais il n'y avait aucun avis de recherche concernant un petit garçon. En revanche, il y avait une liste de cadavres d'enfants, que l'on avait désignés par le nom et le numéro des rues où on les avait trouvés, puisque leur identité était inconnue.

— Srulik, est-ce que c'est là ? demandait Jankiel chaque fois qu'ils visitaient un nouveau quartier du ghetto.

Srulik inspectait les immeubles, mais il ne reconnaissait jamais rien.

Il aurait probablement fini par retrouver sa maison s'il était resté encore un peu avec la bande. Mais, un jour, ils entendirent crier dans la rue :

« Une rafle ! »

C'était nouveau. Il y avait aussi les coups de sifflet perçants des policiers juifs.

Ceux qui hurlaient étaient des passants terrifiés qui tentaient d'échapper aux policiers et essayaient de prévenir les autres. Les rues se vidèrent instantanément.

Jankiel les mena dans une autre rue par un dédale de cours.

— On va chez Jojne, dit-il. Il sait peut-être quelque chose.

Jojne réparait une chaussure posée à l'envers sur un pied de fer.

— On a entendu crier « une rafle ! », annonça Jankiel.

Jojne hocha la tête.

— Les policiers juifs, ils retrouvent les malheureux qui ne sont pas morts dans les points de rassemblement et ils les conduisent au train, ils travaillent main dans la main avec les Allemands, soupira-t-il.

« Mes parents n'habitent pas dans un centre de rassemblement », pensa Srulik, soulagé.

— Le bruit court que l'on va évacuer tous les pauvres du ghetto, poursuivit Jojne.

« Oui, mais papa et maman sont pauvres », songea alors Srulik avec inquiétude.

— Les policiers juifs et les soldats allemands raflent n'importe qui, précisa Jankiel.

— Ça, c'est nouveau, dit Jojne en posant son marteau. Ils ont apparemment décidé d'évacuer tout le monde.

— Ils les emmènent où ?

— Dans une nouvelle demeure.

— Où ça ?

Jojne désigna le ciel du doigt, puis il rentra son tabouret dans son réduit.

— Je ferme. Je suis inquiet pour ma femme et mes enfants. Vous devriez quitter le ghetto.

— Pour aller où ?

— Du côté polonais.

— J'y étais, mais on s'est fait arrêter, dit Srulik.

— Vous devriez quitter le ghetto, les enfants, répéta Jojne tout en verrouillant la porte de son atelier.

Il considéra la clé qu'il tenait à la main avant de la mettre dans sa poche, et il s'en alla. Les enfants restèrent plantés sur le trottoir où ils délibérèrent.

— Il y a une porte où stationnent des charrettes, dit Jankiel. Des paysans viennent y chercher les ordures. On pourrait profiter du moment où ils repartent pour se faufiler dehors.

Jankiel les conduisit à la porte. Les autres le suivaient, l'air pensif, la mine grave. Ils s'arrêtèrent à bonne distance pour observer la scène. Côté polonais, ils aperçurent deux Allemands armés de fusils, côté ghetto, il y avait deux policiers polonais et deux policiers juifs. Les carrioles, attelées à des chevaux, stationnaient non loin de la porte.

— Le premier qui réussira à s'échapper se postera au coin de la rue en faisant semblant de mendier. Mais si vous êtes plus de deux, il faudra vous cacher pour attendre les autres, dit Jankiel.

— Combien de temps ?

— On peut voir le poste de garde de là-bas. Si au bout de plusieurs minutes, personne d'autre n'a réussi à passer, vous n'aurez plus qu'à partir.

— Où ça ?

— Aucune idée.

La bande se sépara. Srulik se glissa derrière les charrettes rangées devant la guérite. L'une d'entre elles s'ébranla. Il sauta à l'intérieur et se cacha au fond. Entendant du bruit derrière lui, le paysan arrêta son cheval, il se retourna et l'aperçut. Leurs regards se croisèrent. Une seconde plus tard, Srulik disparaissait sous les ordures. Le paysan hésita. Puis Srulik entendit le fouet claquer et l'homme crier : « Hue ! »

La carriole cahotait sur les cailloux du chemin. Elle s'arrêta. Quelques mots furent échangés en polonais et en allemand, puis elle se remit à rouler. Brusquement, un ordre fusa derrière eux : « Stop ! »

La charrette s'arrêta une seconde fois. Quelqu'un, chaussé de souliers cloutés, arriva en courant. Il y eut une brève discussion. Srulik sentit quelque chose de froid lui frôler la cuisse droite, déchirant son pantalon avant de s'enfoncer dans les ordures. La voix terrifiante résonna à deux reprises, une fois tout près de sa tête.

« Vous pouvez partir, il n'y pas de gosse ici. »

La charrette se remit en route. Le grondement des roues et le claquement des sabots du cheval étaient de bon augure, pensa Srulik. Il entendit à nouveau crier. La voiture s'arrêta. Srulik se redressa le temps de jeter un œil par-dessus le rebord de la charrette. Un Allemand et un policier polonais couraient vers eux en gesticulant. Le paysan sauta de son perchoir et se pencha sur lui. Srulik n'en menait pas large. L'homme le prit dans ses bras et le déposa sur la route. La première impulsion du garçon fut de s'enfuir. Le paysan le devina.

— Ne bouge pas, petit. Je vais te sortir de là, promit-il.

L'Allemand et le policier approchaient. Srulik attendait, frissonnant de peur. Le paysan s'accroupit derrière son cheval dont il coupa le harnais. Puis il se mit en selle, hissa Srulik devant lui sur le cheval, et il partit au grand galop. Deux coups de feu retentirent dans leur dos. Srulik aurait bien voulu voir ce qui se passait, mais le paysan le serrait si étroitement contre lui qu'il ne pouvait pas se retourner. Quand il put enfin regarder derrière lui, il ne vit plus rien, ni la porte du ghetto, ni l'Allemand, ni le policier, ni la charrette qu'ils avaient abandonnée dans leur fuite.

Un peu plus tard, le cheval se mit à trotter. Le paysan relâcha son étreinte et Srulik respira, soulagé. C'était la première fois de sa vie qu'il montait à cheval.

Ils avaient quitté la ville et franchissaient des champs, des bosquets, parfois ils dépassaient une cabane isolée. Ils arrivèrent dans un petit village aux maisons à toit de chaume. Chaque habitation était entourée d'autres bâtiments, d'un jardinet et de quelques arbres fruitiers. Dans les cours, Srulik remarquait parfois une vache ou un cheval, des porcs et des poules. Ici et là, des marmites étaient accrochées à l'envers sur les clôtures et de la lessive séchait sur des cordes. Un chien les poursuivit en aboyant tandis qu'ils traversaient le village. Assise avec son petit garçon sur le seuil de sa maison, une femme observait l'homme, l'enfant et le cheval. Pieds nus, des gamins jouaient au football sur le chemin, et le paysan ralentit l'allure pour ne pas soulever trop de poussière.

L'homme gardait le silence. Srulik l'imitait. Une fois qu'ils se furent éloignés du village et alors qu'un autre se profilait à l'horizon, l'homme s'arrêta. Il désigna quelque chose et, en tournant la tête, Srulik aperçut des enfants en haillons, assis au bord d'une rivière qui scintillait au soleil. Remarquant le paysan qui les désignait du doigt, ils se volatilisèrent au milieu des joncs.

— Ils sont juifs, va avec eux, dit l'homme.

Le paysan sauta de cheval et aida Srulik à descendre. Il tira de sa poche deux morceaux de sucre et un quignon de pain. Il lui donna le pain et un sucre, le second, il l'offrit à son cheval dont il flatta affectueusement l'encolure. Puis il posa sa main gauche sur la tête de Srulik et, du pouce droit, il fit le signe de croix sur son front en disant : « Que la Sainte Vierge te protège. »

Il remonta à cheval et s'en alla. Srulik le suivit des yeux. Il agita la main, mais l'homme ne se retourna pas. Il se demanda s'il allait manger le pain avec le sucre ou chacun séparément. Il opta pour le pain d'abord. Il regarda le paysan s'éloigner et disparaître au détour du chemin, puis il croqua le morceau de sucre.

3

La forêt nous protège. Tu comprends, Srulik ?

Srulik traversa le champ et s'en fut à la recherche des enfants qui s'étaient cachés dans les joncs, au bord de la rivière. Perché sur le dos du cheval, tout à l'heure, il avait parfaitement repéré l'endroit, mais, maintenant, il ne savait plus très bien quelle direction prendre. Il les trouva en grande discussion, assis au bord de l'eau. Ils se turent en le voyant.

— C'est le rouquin qui était sur le cheval avec le paysan, s'écria l'un d'eux.

— C'était toi ? demanda un autre.

Srulik hocha la tête.

— D'où tu viens ?

— Du ghetto.

Tu es arrivé quand ?

— À l'instant.

— Pourquoi ce paysan t'a emmené avec lui ?

Srulik haussa les épaules.

— Tu ne sais pas ? ricana un autre, incrédule.

— Non.

— Où est la charrette ? questionna quelqu'un. J'ai vu le harnais traîner par terre, derrière le cheval.

Il leur raconta ce qui s'était passé. Il leur montra les deux déchirures parallèles sur son pantalon et découvrit aussi une estafilade sanguinolente sur une de ses jambes.

— Tu as eu une de ces chances ! L'Allemand a sûrement fouillé la charrette avec une fourche.

— Vous avez à manger ? demanda Srulik.

L'un des enfants tira un morceau de fromage blanc de sa poche. Srulik en coupa une part, l'avala et se lécha les doigts.

— D'où il vient, ce fromage ?

— Les goï[1] les laissent égoutter sur les barrières, c'est très facile à voler.

Les enfants se concertèrent :

— Qu'est-ce qu'on va faire de lui ?

— On a déjà un petit.

— Hé, Szleme, tu t'en fiches, hein ? dit un jeune garçon occupé à aiguiser un canif sur une pierre.

— De quoi tu te mêles, Josele, rétorqua Szleme, sois déjà content qu'on t'ait pris avec nous.

1. Mot désignant les non-juifs.

Ils étaient tous plus âgés que Srulik, à l'exception du garçon au canif.

— C'est à Awrum de décider, intervint le garçon au fromage blanc.

Tous les regards se tournèrent vers l'aîné.

— On le garde, trancha Awrum.

— Oui, mais s'il fait des bêtises et qu'on se fait pincer à cause de lui, tu seras responsable, dit Szleme.

— Plus personne ne sera responsable si on se fait prendre, remarqua le garçon au fromage.

Il s'appelait Jacek. Assis au bord de l'eau, il lançait des bouts de bois qu'il regardait flotter dans le courant. Srulik s'allongea et contempla le ciel. La tête pleine de souvenirs, il revoyait le paysan et le cheval qui s'éloignaient.

Quelqu'un le secoua :

— Debout, on s'en va !

C'était le petit Josele. Il portait des vêtements d'adulte. Son pantalon était retroussé à la taille et maintenu au moyen d'une corde. Il était nu-pieds. En se levant, Srulik constata que c'était le cas de tout le monde. Lui, il avait encore ses chaussures, les chaussures usées jusqu'à la corde que Jojne n'avait pas eu le temps de réparer.

La petite troupe s'avança à travers champs en direction du village qu'on distinguait au loin. En s'approchant, ils se cachèrent au bord d'un champ de blé pour surveiller la cour d'une ferme voisine. Le soleil allait se coucher. Une jument était attachée près de l'écurie et son poulain gambadait autour d'elle. Une petite fille surgit avec un troupeau d'oies. Un chien les accueillit en aboyant et les bêtes tournèrent le cou vers lui en criaillant d'un air menaçant. Un jeune garçon rentra quelques vaches dans l'étable. Ensuite, il poussa les porcs en direction de la bergerie.

— Jacek ! cria une femme qui sortait de la maison, rentre les cochons !

Srulik se rappela que Jacek était le prénom polonais qui devait figurer sur la carte que ses parents avaient l'intention d'écrire à ses frères et sœurs.

La fermière se dirigea vers l'étable, les manches retroussées, un seau dans une main, un tabouret dans l'autre. Awrum examina la cour.

— Ils ont préparé des paniers de légumes pour les vendre demain au marché, chuchota-t-il.

C'est alors qu'il se passa un événement imprévu. Le paysan survint, il sella la jument, la harnacha et partit, suivi du poulain, le chien sur ses talons. Les enfants le regardèrent disparaître, surexcités.

— On y va ! lança Awrum.

Les enfants sortirent de leur cachette et se ruèrent dans la cour. Les grands paniers qu'Awrum avait remarqués étaient posés contre l'un des murs de la maison, avec une corbeille d'œufs. Awrum s'empara de la corbeille tandis que les autres chapardaient dans les paniers des concombres, des tomates, des carottes et des betteraves dont ils bourrèrent leurs poches et des sachets de fromage blanc vides qu'ils avaient conservés. Les oies donnèrent l'alerte. Les enfants prirent la fuite. Le jeune garçon apparut à la porte de la bergerie et se lança à leur poursuite en hurlant :

— Sales youpins ! Voleurs ! Maman !

Sa mère sortit de l'étable.

— Les œufs ! cria le garçon.

Les enfants couraient de toutes leurs forces, Awrum et Szleme en tête. Le garçon, qui les talonnait, rattrapa l'un d'entre eux qui était à la traîne. Il le renversa par terre et l'immobilisa. Le gamin se mit à crier et à pleurer. La femme pourchassait les autres. Voyant qu'ils la distançaient, elle finit par abandonner.

Les fuyards étaient aux anges. Ils palpaient leurs poches pleines de légumes et salivaient en regardant le panier d'œufs que portait Awrum. Personne ne fit allusion à leur camarade qui s'était fait prendre.

— En ville, on attendait la nuit pour voler, signala Srulik.

— À la campagne, ce n'est pas possible, lui expliqua un garçon nommé Icek. On ne peut pas voir ce qu'on arrache ou ce qu'on cueille, la nuit.

— Et si tu as besoin d'un pantalon ou d'une chemise, tu es obligé de voir ce que tu piques sur la corde, renchérit Josele.

Srulik comprit d'où provenaient les vêtements qu'il portait.

— Ici, on n'est pas en ville, commenta Szleme. C'est très différent et tu dois apprendre à ne pas faire de bêtises.

— Quel genre de bêtises ?

— Par exemple, si tu rencontres des Polonais, défense d'ouvrir la bouche, tu le savais ? Et tu ne dois pas non plus te baigner avec eux dans la rivière, parce que tu ne dois jamais enlever ton pantalon.

Srulik l'ignorait. Il n'en connaissait pas davantage les raisons, mais il n'avait pas envie d'interroger Szleme.

Ils passèrent devant une ferme dissimulée derrière un bosquet. La maison était entourée d'arbres fruitiers.

— Ce sont des vraies poires, pas comme les petites acides qu'il y a au bord des chemins, dit Icek.

Ils s'approchèrent prudemment sans entendre d'aboiements.

— Il n'y a pas de chien.

— C'est Srulik qui va les cueillir, déclara Szleme.

— Pourquoi lui ?

— Pourquoi pas ? Il peut bien faire quelque chose pour nous, non ?

— Tu sais grimper aux arbres ? demanda Awrum.

— Sûr.

Icek lui donna un sachet vide. Tendus, les autres s'assirent pour le regarder. Srulik adorait grimper aux arbres, à Blonie. Il monta sur la barrière, se hissa sur l'arbre et entreprit de cueillir les fruits. En fait, il y avait bel et bien un chien qui dormait derrière la maison. Il se réveilla et se mit à aboyer. Un vieux paysan sortit et aperçut Srulik, juché sur l'arbre. Srulik sauta de son perchoir, bondit pardessus la barrière et détala. L'homme détacha son chien et ils lui donnèrent la chasse.

— Au voleur ! hurla le paysan. Au voleur !

La bande avait décampé sans attendre Srulik, qui se lança à leurs trousses. L'homme perdait du terrain, mais le chien le talonnait. Srulik s'arrêta, saisit un fruit dans le sac et le lança de toutes ses forces sur l'animal. Il avait visé juste car la bête gémit et stoppa net. Il lui faisait face en aboyant. Srulik ne savait plus quoi faire. Il se doutait que, s'il se remettait à courir, le chien le rattraperait et lui sauterait dessus. Mais s'il restait là, son maître n'allait pas tarder à arriver. Comprenant la situation, Awrum décida d'intervenir, mais Szleme le retint :

— Arrête, le paysan va vous attraper tous les deux.

— Lâche-moi, grinça Awrum en se dégageant.

Il rebroussa chemin en courant et frappa l'animal avec un bâton. La bête essaya de le mordre, mais Awrum, qui avait appris à se battre avec les chiens de la campagne, lui appliqua un bon coup sur le museau, si fort que le chien s'enfuit en geignant, la queue entre les jambes, avant que son maître ait eu le temps de les rejoindre.

Srulik ne cessait de penser au garçon qui s'était fait pincer.

Ils arrivèrent à une vaste prairie et marchèrent sur l'herbe. Des vaches et des chevaux broutaient çà et là. Trois enfants étaient assis autour d'un feu. Awrum s'arrêta.

— Josele, va les voir avec Srulik. Ils ont peut-être des allumettes à vendre, dit-il en lui remettant deux petites pièces.

Srulik l'accompagna.

— Vous avez des allumettes ?

L'un des enfants fit non de la tête.

— On a de l'argent, annonça Josele.

— Bon, d'accord.

Josele vérifia la boîte que l'autre lui tendait. Elle était à moitié vide. Le garçon la remplit avec les allumettes d'une autre boîte. Josele le paya. Près du feu, il avisa des bouteilles multicolores, certaines en morceaux, d'autres fendues proprement en deux.

— Vous fabriquez des verres ? demanda Josele.

— C'est pas tes oignons !

Josele se pencha pour ramasser deux tessons.

— Tu dois payer pour ça aussi.

— Pas question !

Les autres ne répondirent pas. Ils jetaient des coups d'œil méfiants aux grands qui attendaient au bord du chemin.

— Viens, intima Josele.

Il donna les allumettes à Awrum et toute la bande se remit en route. Josele et Srulik fermaient la marche.

— Pourquoi Awrum nous a envoyés nous ? questionna Srulik.

— Parce que nous sommes les plus petits, sinon les goï auraient la trouille et se sauveraient en voyant les grands.

— Pourquoi tu as pris les morceaux de verre ?

— Pour toi, répondit Josele en les lui tendant.

Srulik ne comprenait pas.

— À la place d'un couteau.

— Les autres, ils en ont un ?

— Non, il n'y a que moi.

— Comment tu l'as eu ?

— Je l'ai trouvé dans la forêt.

Srulik examina les débris avec précaution.

— Tu dois d'abord les envelopper dans des chiffons, sinon ça va percer tes poches.

— Je n'en ai pas.

— Tu n'as qu'à déchirer un bout de ta chemise.

Ce que fit Srulik à l'aide de l'un des tessons.

À présent, la ligne sombre des arbres se confondait avec la forêt. Le soleil s'était couché et, profitant des dernières lueurs du jour, ils s'arrêtèrent pour manger avant d'atteindre le bois. Srulik ne savait pas gober un œuf cru. Josele lui montra comment percer deux petits trous avec un bâtonnet et aspirer l'œuf par le plus gros trou.

— Pourquoi tu ne te sers pas de ton couteau ?

— Le bout est ébréché.

Personne ne parlait de leur camarade disparu.

— Celui qui s'est fait attraper, qu'est-ce qu'il va devenir ? questionna Srulik.

— Ils vont le tabasser, et ensuite, ils le livreront aux Allemands pour de l'argent ou de la vodka.

— Et il ne reviendra pas ?

— Personne n'est jamais revenu.

— Tu parles trop, gronda Szleme.

Ils poursuivirent leur repas en silence. Quand ils eurent terminé, ils remirent le reste des légumes dans les sachets de fromage blanc ou dans leurs poches et reprirent leur chemin. Entre-temps, la nuit était tombée. Ce n'était pas comme au ghetto. Tout autour, la terre était plate, déployée comme la paume d'une main, et, suspendu au-dessus, le vaste ciel était semé d'étoiles d'un bout à l'autre de l'horizon. Au moment où ils parvenaient à la lisière de la forêt, une grosse lune rougeâtre se leva – Srulik l'admirait souvent du temps où ils habitaient dans leur bourgade, mais il ne l'avait plus jamais vue dans le ghetto de Varsovie. La forêt était maintenant toute proche.

— Pourquoi va-t-on dans la forêt ? questionna Srulik.

— Pour dormir.

Srulik était stupéfait. Il avait connu la forêt, de jour, à l'époque où il allait y ramasser des champignons et des mûres avec son grand frère, mais la nuit, elle l'effrayait. Ils pénétrèrent sous le couvert des arbres et s'enfoncèrent dans l'obscurité.

— Donnez-vous la main, ordonna Awrum.

Srulik donna la main à Josele et à Icek. Quand ils s'arrêtèrent, chacun se coucha à l'endroit où il se trouvait. Il y eut encore des chuchotements. Étendu, les yeux clos, Srulik les rouvrit car la nuit parlait. Il écouta. La grande forêt près de Blonie était-elle la même que celle où il se trouvait en ce moment ? Si oui, il n'avait aucun moyen de le savoir. Les étoiles et la lune avaient disparu quelque part au-dessus de la cime des arbres. Par-ci, par-là, on distinguait un lambeau de ciel clair dans le noir et, parfois, une étoile ou deux. Sur le fond sombre, se découpaient des branches qui se dressaient haut dans le ciel. Un cri étrange résonna tout près, on aurait dit un soupir, un souffle. Srulik était terrorisé.

— Qu'est-ce que c'est ? murmura-t-il.

— Un oiseau de nuit, répondit Josele, couché à côté de lui.

— Tu n'as pas peur ici, la nuit ?

— Srulik, tu ne comprends pas ? Sans la forêt, les paysans nous auraient attrapés depuis longtemps et nous auraient livrés aux Allemands, comme le pauvre Leibale. La forêt nous protège, c'est pour ça que je l'aime et que j'aime l'obscurité. C'est ça qui nous sauve. Tu comprends maintenant ?

— Oui.

— Tu as encore peur ?

— Oui, avoua Srulik.

— Tu vas t'habituer. Moi aussi, j'avais peur avant.

— Comment tu as rencontré les autres ?

— Je les ai entendus parler polonais comme les juifs. Alors je me suis approché. Au début, Szleme ne voulait pas de moi non plus.

Srulik venait de comprendre pourquoi Szleme lui avait défendu de parler s'il rencontrait des Polonais.

— Est-ce que je parle polonais comme un juif, moi aussi ?

— Toi non, Awrum non plus. Mais il y en a qui parlent mieux le yiddish[1]. Szleme, par exemple.

— Et pourquoi il ne faut pas se baigner avec des Polonais dans la rivière et baisser son pantalon ?

1. Mélange d'hébreu et d'allemand parlé en Allemagne, en Europe centrale et orientale, et plus à l'Est au gré des persécutions. À la veille de la Deuxième Guerre mondiale, les deux tiers de la population juive mondiale (environ 11 millions d'individus) parlaient le yiddish.

— À cause de la circoncision[1].

— Les Polonais ne la font pas ?

Josele se mit à rire :

— Non, seulement les juifs.

Josele venait de Varsovie. Il raconta à Srulik que, au ghetto, sa mère confectionnait des brassards de tissu avec une étoile de David bleue[2] que tous les juifs devaient porter au bras et qu'elle vendait dans la rue. Il passait en contrebande du pain et des pommes de terre depuis le côté polonais. C'était dur. Et très dangereux aussi. Il s'était fait arrêter deux fois, on lui avait pris sa marchandise et on l'avait roué de coups. Il avait recommencé. « Josele, avait balbutié sa mère quand elle avait attrapé le typhus et qu'on l'emmenait à l'hôpital, sauve-toi du côté polonais et ne reviens plus. »

— Tu es resté tout le temps dans la forêt ?

— Non, au début, je rôdais autour des villages, mais j'ai failli me faire prendre.

— On ne peut pas nous attraper ici ?

1. C'est-à-dire l'ablation rituelle du prépuce pratiquée chez le bébé mâle âgé de huit jours. Elle symbolise l'Alliance perpétuelle passée entre Dieu et le peuple juif.

2. Selon la légende, l'étoile à six branches servait au roi David de protection magique. Plus tard, elle devint un symbole du judaïsme (comme la croix pour le christianisme). À l'époque nazie, elle devint le signe distinctif des juifs. Aujourd'hui, elle figure sur le drapeau d'Israël, en bleu sur fond blanc.

— Il n'y a personne au fond de la forêt. Sauf des partisans, peut-être.

— C'est quoi ?

— Des Polonais qui se battent contre les Allemands. Mais ils n'ont pas besoin de nous. Et il faut faire gaffe au garde forestier aussi. Il donne les enfants juifs aux Allemands.

— Tous les Polonais sont méchants ?

— Non. Un jour, j'ai frappé à une porte et on m'a donné à manger sans poser de questions.

— Est-ce qu'on est au cœur de la forêt ?

— Pas encore. La nuit, on est en sécurité même ici, on ira là-bas demain.

Quand Josele le réveilla le lendemain matin, Srulik se demanda où étaient passés les murs et le plafond. Il ne voyait que des branches et le sommet des arbres. Il se rappela où il se trouvait. Il avait faim et soif.

— Viens, dit Josele, on retourne à notre cachette.

Awrum les conduisit jusqu'à un ruisseau qui coulait entre les arbres. Chacun se désaltéra, les uns en puisant de l'eau dans le creux de la main, les autres en se couchant à plat ventre. Srulik s'allongea et plongea la tête dans l'eau. C'était agréable de sentir l'eau couler sur sa figure, il ouvrit la bouche et but avec délice.

Ils ressortirent les légumes de la veille et Awrum posa le panier d'œufs entre eux. Quand ils eurent terminé, ils cachèrent les restes dans un tronc d'arbre creux et partirent chercher des baies – des fraises des bois, des framboises, des groseilles et des myrtilles noires ou bleues. Ils cueillirent aussi des mûres noires ou encore blanches, et de petites noix vertes dont la coque était encore tendre.

Srulik trouva des champignons. Pareils à ceux qu'il ramassait avec son grand frère, avant le ghetto de Blonie. Mais ses nouveaux camarades refusèrent d'y goûter.

— Ça peut être mortel, le prévint Awrum.

Toutefois, en voyant que Srulik en mangeait sans dommage, les autres l'imitèrent.

Le soir, Awrum les ramena à leur point de départ. Ils burent au ruisseau et dînèrent des légumes et des œufs qu'ils avaient cachés dans le creux de l'arbre, le matin.

— Comment fait-il, Awrum, pour retrouver son chemin ? demanda Srulik.

— Grâce à la mousse et puis aussi... je ne sais pas, répondit Icek.

— C'est quoi la mousse ?

Icek lui en montra sur des troncs d'arbres.

— Tu vois, ça ne pousse que d'un côté. Alors si tu regardes bien les troncs en marchant dans une direction, tu peux savoir le chemin du retour.

Srulik ne comprenait pas.

— Comment ça ?

— Il suffit de prendre la direction opposée.

Srulik ne comprenait toujours pas, mais il ne posa plus de question. Il choisit de réfléchir à la réponse.

— Il te reste du fromage blanc ?

— Non, il est fini depuis longtemps ! s'esclaffa Icek. Mais on en volera d'autre à la première occasion.

La deuxième nuit, Srulik dormit encore à côté de Josele et ils discutèrent à voix basse avant de s'endormir.

— Tu sais que les arbres ont une âme ? souffla Josele.

— Qui te l'a dit ?

— Leibale. Il m'a dit aussi que les âmes des arbres sortent la nuit.

— C'était ton ami ?

— Oui.

— Les âmes des arbres, elles sont gentilles ou méchantes ?

— Gentilles peut-être. Les arbres ne nous font pas de mal.

Srulik médita la réponse.

— Tu crois que l'arbre a mal quand on lui casse une branche ?

— C'est peut-être comme quand on se coupe les ongles.

— Ma mère brûlait les rognures d'ongles dans le poêle. Elle les mélangeait d'abord à des plumes.

— La mienne aussi, mais sans les plumes. Tu sais pourquoi on doit brûler les ongles ?

— Non.

— Pour que ton âme ne les cherche pas le jour du jugement.

— C'est quoi le jour du jugement ?

— C'est la fin du monde. Quand les morts ressusciteront.

— Est-ce que tous les morts ressusciteront ?

— Mon grand-père disait que oui. Alors je retrouverai ma mère et elle ne sera plus malade.

— Je ne sais pas ce qu'est devenue la mienne, soupira Srulik.

— Et ton père ?

Srulik lui raconta leur fuite du ghetto et l'épisode des motocyclistes allemands.

— Je ne me souviens pas de mon père, confia Josele. Il est mort quand j'étais petit. On habitait chez mon grand-père. Il était libraire, mon grand-père.

— Tu sais lire ?

— Oui. Et toi ?

— Non.

Tout petit, Srulik avait fréquenté le *heder*[1], mais on n'y apprenait que l'alphabet hébraïque. Il ne savait pas lire le polonais.

1. *Heder* signifie littéralement « pièce, salle » ; c'était autrefois l'école primaire juive, en Europe centrale, où l'enfant apprenait essentiellement les rudiments de l'hébreu.

— Qu'est-ce qu'il faisait, ton père ? questionna Josele.

— Il était boulanger. Tu sais, il me faisait quelquefois dormir sur le four, à la boulangerie. Le matin, il me réveillait et me donnait le premier petit pain qu'il avait fait.

Srulik en salivait rien que d'y penser.

— Tu as des frères ? demanda-t-il à Josele.

— Non.

— Moi, j'ai deux frères et deux sœurs.

— Où sont-ils ?

— Je ne sais pas. Ils sont peut-être morts. Dans les rafles.

— Qu'est-ce que c'est ?

— C'est quand les policiers juifs et les Allemands mettent les juifs dans des trains pour les emmener ailleurs.

— Où ça ?

— Au ciel.

— Qui te l'a dit ?

— Jojne, le cordonnier.

— Heureusement que ma mère est morte, conclut Josele après un silence.

4

Les oiseaux rôtis. La remise aux bouteilles.

Le lendemain, Awrum et Icek s'en allèrent chasser des oiseaux à la fronde. Ils revinrent à midi en portant sur l'épaule plusieurs volatiles attachés par les pattes. Le plus gros avait la taille d'une poule. Awrum leur signala que c'était un coq de bruyère. Croyant qu'on allait immédiatement allumer un feu, Srulik fut très déçu d'apprendre qu'il devrait attendre le soir.

— Pourquoi ?

— À cause de la fumée.

Après le coucher du soleil, les enfants entourèrent le foyer d'une barrière de branchages pour que le feu ne se voie pas de loin. Szleme et Awrum ouvrirent les oiseaux avec le canif de Josele et à l'aide d'un tesson de bouteille. Ils les décapitèrent et les vidèrent. D'autres allèrent chercher de la boue au ruisseau dont ils enveloppèrent chaque oiseau séparément. Quand il y eut assez de braises, on y déposa les oiseaux dans leurs papillotes de boue et tous firent cercle autour pour attendre.

— Rends-moi mon couteau, demanda Josele à Szleme.

— Maintenant, il est à moi, dit Szleme en le fourrant dans sa poche.

— Rends-lui son couteau, s'interposa Srulik.

Szleme le repoussa violemment. Tous les enfants se levèrent. Awrum dut s'en mêler pour que Szleme accepte de restituer le couteau à contrecœur. On retira d'abord les plus petits tas de boue. On laissa les plus gros un peu plus longtemps. La boue avait durci pour devenir de l'argile et, après les avoir roulés sur le sol pour les faire refroidir, on les cassa avec des pierres afin d'ôter leur enveloppe de terre. Les plumes se détachèrent en même temps, et les enfants se régalèrent.

La nuit, Josele et Srulik dormaient côte à côte comme si cela allait de soi.

Srulik ne décolérait pas à cause de Szleme.

— Szleme était le chef avant l'arrivée d'Awrum, lui expliqua Josele.

— Awrum est le plus fort ?

— Je ne sais pas, mais il est le seul à ne pas se perdre dans la forêt.

Srulik se lécha les babines.

— C'était tellement bon ! Quand est-ce qu'il ira encore à la chasse ?

— Pas de sitôt.

— Pourquoi ?

— Il a peur que le feu nous trahisse.

— Dommage, soupira Srulik, déçu.

— Tu sais, au début, quand j'étais seul, j'avais si faim que je mangeais n'importe quoi, même des escargots. Ça avait un sale goût, alors je les avalais sans mâcher.

— Moi, je n'aurais pas pu, fit Srulik, écœuré.

— Tu dis ça, mais on est prêt à tout quand on a faim. Un jour, j'ai trouvé un lièvre pris dans un piège. Comme je n'avais pas encore mon couteau, je l'ai découpé avec un bout de verre. Je n'avais pas d'allumettes, alors je l'ai mangé tout cru.

— Et tu n'es pas mort ?

— Tu vois bien que non.

Au matin, Srulik s'éveilla, terrorisé. Il ne rêvait pas. Il entendait vraiment des coups de feu. Ils étaient très proches et résonnaient de tous les côtés à la fois. Il y eut ensuite des cris et des ordres en allemand.

Srulik bondit et se mit à courir à toutes jambes, le plus loin possible. Brusquement, il s'arrêta. La forêt était redevenue silencieuse.

Il essaya alors de se rappeler les explications au sujet de la mousse qui poussait d'un seul côté des troncs d'arbre, mais il ne voyait pas comment cela pouvait l'aider à revenir sur ses pas ni à retrouver ses camarades. Et s'il criait ?

— Josele ! Awrum !

Il eut très peur quand sa voix résonna dans le silence. Quelqu'un approchait. Srulik se cacha et vit Szleme. Il alla joyeusement à sa rencontre.

— Tu tiens à ameuter tout le monde en hurlant comme ça ? grinça Szleme. Je savais qu'on ne pouvait pas te faire confiance.

— Où sont les autres ?

— Ils ont tous détalé comme des idiots au lieu de se cacher.

— Toi aussi.

— Maintenant qu'on est seul, tu as intérêt à faire gaffe, dit Szleme d'un air menaçant.

Srulik ne répondit pas.

— Où va-t-on ?

— Je veux retrouver l'endroit près de la rivière.

— Tu en es capable, tu crois ?

— Ferme-la.

Szleme s'arrêta net. Quelqu'un gisait au milieu des arbres. Un homme. Ils reculèrent, prêts à s'enfuir, mais l'homme ne bougeait pas. Sa tête baignait dans une petite flaque de sang coagulé.

— Il est mort, balbutia Srulik.

Il y avait quelque chose à côté de sa main, tendue devant lui. Srulik s'approcha pour mieux voir. C'étaient des lunettes. Szleme s'agenouilla près de l'homme.

— Viens, on s'en va, supplia Srulik.

— Va-t'en toi, si tu veux.

Srulik s'éloigna. Il s'assit pour observer avec horreur Szleme qui fouillait les poches du mort. Il sortit des papiers et divers objets de son pantalon, ensuite, il le retourna sur le dos et glissa la main dans la poche intérieure de sa veste. Il finit par se relever en regardant autour de lui.

— Srulik !

« Il ne me voit pas », songea Srulik qui ne répondit pas et se garda bien de bouger. Szleme l'appela encore. N'obtenant toujours pas de réponse, il se mit à le chercher, scrutant attentivement les fourrés, dans la mauvaise direction. Srulik se leva pour le rejoindre, il ouvrit la bouche mais se ravisa aussitôt. Il préférait de loin la solitude à la compagnie de ce garçon-là.

Le soir, le ciel se couvrit et l'obscurité envahit la forêt.

Srulik décida de passer la nuit dans un arbre. Il grimpa à un chêne, choisit un endroit confortable entre de grosses branches qui se ramifiaient à partir du tronc, mais il fut incapable de dormir. Retrouverait-il les autres ? Sinon, qu'allait-il devenir seul dans la forêt ? Il sortit son papillon de sa poche, mais la broche ne luisait que faiblement car il y avait longtemps qu'il ne l'avait pas exposée à la lumière du jour.

Le matin venu, il décida d'aller chez les Polonais. Ceux qui, lorsqu'on frappait à leur porte, vous donnaient à manger sans poser de questions. Il marcha longtemps. Il avait soif et, apercevant une flaque d'eau, il se pencha pour boire. L'eau grouillait de bestioles. Il ferma les yeux et se désaltéra.

Il parvint à un endroit familier. Il examina les arbres et reconnut le tronc creux. Son cœur se gonfla de joie, comme s'il était rentré à la maison. Il courut boire au ruisseau. Puis il fourragea dans les cendres où il dénicha un petit oiseau rôti oublié. Dans le creux de l'arbre, il restait encore quelques légumes et des œufs. Il résolut de rester là et d'attendre.

Il dormit dans un arbre la deuxième nuit aussi. Au matin, il s'éloigna prudemment du ruisseau sans perdre de vue les troncs couverts de mousse. Un peu plus tard il s'arrêta et rebroussa chemin. Il avait enfin compris comment se repérer grâce à la mousse. Il s'écarta de nouveau du ruisseau. De temps à autre, il se retournait pour se situer. Il s'arrêtait souvent pour ramasser des mûres et des fraises des bois. Il repéra un escargot qui rampait sur un arbuste, ses cornes pointées en avant. « Non, se dit-il, pas les escargots, jamais de la vie ! » Puis il trouva des framboises. Cette fois encore, il réussit à retrouver son chemin en regrettant de ne pouvoir s'en vanter auprès de Josele.

Le matin du troisième jour, Srulik descendit de son arbre à l'aube. Il savait qu'il avait définitivement perdu les autres. Il but au ruisseau, goba les deux derniers œufs qui restaient dans le tronc et s'en alla. Il marcha longtemps. Il désespérait d'apercevoir la trouée entre les arbres et la lumière plus claire annonçant la lisière de la forêt. À bout de forces, il s'assit, accablé. Il crut entendre un froissement. Caché dans les taillis, il aperçut un homme avec une casquette et une veste verte, un fusil sur l'épaule. « C'est probablement le garde forestier, celui qui dénonce les enfants juifs aux Allemands », pensa-t-il. Peut-être rentrait-il chez lui ? Où habitaient les gardes forestiers ? Dans la forêt ou au village ? Srulik décida de le suivre. À son insu, l'homme le guida vers un étroit sentier, et, beaucoup plus tard, Srulik vit enfin la lumière entre les arbres.

Le sentier s'élargissait et serpentait entre les champs jusqu'au village. Srulik s'approcha de la première maison et frappa à la porte. Une femme lui ouvrit. Il la regarda sans rien dire. Elle l'examina en silence elle aussi.

— Entre, fit-elle.

Elle ne lui posa aucune question. Comme si elle savait parfaitement à qui elle avait affaire. Elle l'installa à table et lui offrit un gros morceau de pain et un verre de lait qu'il avala voracement. Il ne se rappelait plus la dernière fois où il avait mangé du pain et bu du lait. Un petit garçon jouait dans un coin avec deux bouts de bois. La femme s'assit près de lui. Elle l'appela Jurek et le fit manger à la cuillère.

— Qui est là ? demanda une voix d'homme.

— Un enfant, répondit la femme.

Son mari entra dans la pièce et le considéra d'un air songeur.

— Tu veux travailler chez nous ? lui proposa-t-il après quelques minutes de réflexion.

— D'accord.

— Finis de manger et puis je te montrerai ce que tu dois faire.

Une fois son repas terminé, Srulik attendit. Le paysan reparut avec ses bottes et son manteau. Il emmena Srulik dehors et ouvrit la porte d'une remise, remplie de bouteilles multicolores de toutes les dimensions, où il pénétra avec Srulik.

— Tu vas ranger les bouteilles sur les étagères. Mais pas n'importe comment. Par ordre de taille et par couleur.

Srulik hocha la tête.

L'homme sortit en verrouillant la porte.

— Je ferme à clé pour qu'on ne te dérange pas.

Srulik allait se mettre au travail lorsqu'il entendit un grincement pareil au bruit d'un verrou. Affolé, il s'approcha de la porte et colla un œil entre deux planches mal ajustées. D'abord, il ne vit rien. Une minute plus tard, il reconnut le paysan qui poussait une moto devant lui. Il l'enfourcha, démarra et partit. Srulik tenta d'ouvrir la porte. Elle était verrouillée. Il la secoua de toutes ses forces, en vain. Il paniqua, comme un animal pris au piège, et il se mit à crier en cassant les bouteilles autour de lui.

La voix de la femme s'éleva du dehors :

— Attends, je vais t'ouvrir.

Srulik se tut en entendant des coups. La femme brisa le verrou avec une hache et la porte s'ouvrit.

— File, petit, vite !

5

Seul dans la forêt. La sœur du garde forestier.

En retrouvant la forêt, il sembla à Srulik qu'elle saluait son retour. Elle était pareille à celle qu'il avait quittée au matin, mais, en même temps, elle était très différente. C'était sa forêt et celle de Josele, leur gardienne et protectrice. Pour la première fois depuis qu'il y vivait avec ses camarades, Srulik se prenait à l'aimer. Il marcha un bon moment avant de pénétrer dans le sous-bois dense et sombre.

Les semaines suivantes, il dormit dans les arbres et il était devenu aussi agile qu'un singe. Il grimpait, descendait et sautait d'arbre en arbre en s'aidant des branches. Ses chaussures étaient tombées en morceaux depuis longtemps. La plante de ses pieds était devenue si épaisse qu'il pouvait courir partout sans rien sentir. Il apprit à se déplacer sans bruit comme les animaux qu'il observait. Il soigna les abcès qu'il avait aux jambes et aux mains à cause des nombreuses égratignures qu'il se faisait en traversant les fourrés : il perçait l'extrémité purulente à l'aide d'une aiguille de pin, vidait le pus et urinait sur la plaie.

Durant la journée, il ne pensait pas à ses amis et ne souffrait pas de la solitude. Il était très occupé à chercher de l'eau et de la nourriture et à examiner ce qui se passait autour de lui. Le comportement et les cris des animaux et des oiseaux le fascinaient. Mais la nuit, une fois perché sur son arbre, toutes sortes de pensées tourbillonnaient dans sa tête. Josele et Jankiel lui manquaient. Ainsi que sa mère. Et même Jojne, le cordonnier.

Srulik ne comptait pas les jours, vivant les minutes et les heures comme elles venaient. Du matin au soir. Il récoltait la rosée matinale, buvait l'eau des flaques de pluie et se nourrissait de baies. Au cours de l'un de ses vagabondages, il tomba sur un ruisseau pareil à celui qu'il connaissait et il prit l'habitude d'y retourner le soir en se repérant grâce à la mousse sur les troncs d'arbres.

N'ayant pas de fronde, Srulik décida un jour de tenter sa chance avec des pierres. Il alla chercher des galets au fond du ruisseau, se fabriqua un gros bâton, découvrit une clairière et s'assit par terre, adossé à un tronc d'arbre. Il patienta, immobile. Bientôt, de petites créatures se manifestèrent, puis disparurent. Srulik ne croyait pas pouvoir les atteindre avec une pierre, mais elles l'amusaient. Quelquefois, surgissait un petit animal, un mulot, par exemple, qui le regardait craintivement en essayant de le flairer de loin, avant de détaler sur-le-champ. Ensuite, il vit une biche accompagnée de son faon. Elle l'observa quelques minutes, incertaine. Brusquement, ils disparurent d'un bond imperceptible. Srulik ne bougea pas. Il entendit de gros animaux invisibles qui se frayaient un chemin dans les fourrés – c'étaient des sangliers. Ils déboulèrent avec leurs petits. Ils ressemblaient beaucoup aux porcs des paysans, excepté la fourrure, et les mâles étaient terrifiants avec leurs défenses acérées. Sans demander son reste, Srulik grimpa immédiatement à un arbre.

En redescendant, il tomba sur un hérisson. Il l'attaqua avec son bâton. L'animal se roula en boule, ses piquants hérissés. Srulik n'était pas disposé à renoncer. Il posa son bâton en travers de l'animal et appuya de toutes ses forces jusqu'à ce que la petite bête ne remue plus la tête ni les pattes. Il le retourna et lui ouvrit le ventre avec un morceau de verre en remerciant mentalement Josele pour sa prévoyance. Le soir, il fit du feu, embrocha le hérisson sur une branche et le tint au-dessus des flammes. Une fois les piquants carbonisés, il n'eut aucun mal à découper la viande, qu'il fit rôtir sur le feu.

Quelques jours de famine passèrent avant qu'une nouvelle occasion se présente. Il tua un écureuil avec une pierre, le décapita, le dépeça et, après l'avoir vidé et lavé dans le ruisseau, il le dévora sans plus attendre. À présent, il n'était plus aussi sûr de ne pas manger d'escargot en cas de nécessité.

— Que fais-tu ici, petit ?

Srulik tressaillit. Il y avait longtemps qu'il n'avait pas entendu de voix humaine. C'était le garde forestier. Srulik le connaissait, mais l'homme ne l'avait encore jamais rencontré.

— Je mange des framboises.

— Je vois ça.

L'homme l'examina attentivement. Pieds nus comme un petit paysan. Vêtu comme un orphelin sans foyer.

— Où sont tes parents ?

— Je n'en ai pas.

— De quel village viens-tu ?

Srulik haussa les épaules.

— Tu es juif ?

— Non.

— Comment t'appelles-tu ?

— Jurek, répondit Srulik sans sourciller.

— Quel est ton nom de famille ?

— Je ne sais pas.

— Ma sœur cherche un gosse pour garder ses vaches et ses moutons, dit l'homme après réflexion.

Srulik ne savait que répondre. Il n'avait pas oublié la remise aux bouteilles où on l'avait enfermé. D'un autre côté, la présence humaine lui manquait. L'homme lui sourit. Son sourire inspirait confiance. Srulik hésitait toujours. Et s'il ne dénonçait pas les enfants juifs aux Allemands, après tout ?

— Écoute, petit, quand l'automne viendra, tu mourras de faim et de froid, ici. La ferme de ma sœur est un peu à l'écart du village, tu y seras en sécurité.

Srulik aurait voulu lui dire qu'il était en sécurité ici aussi, mais il n'en fit rien. L'homme savait apparemment qui il était, et pourtant il l'invitait à l'accompagner. Il aurait pu le surprendre en s'approchant sans bruit par derrière.

— La maison de ma sœur est à la lisière de la forêt, tu pourras retourner dans les bois quand tu voudras, précisa l'homme.

— D'accord, consentit Srulik.

Il suivit le garde forestier et, voyant les arbres s'éclaircir, il songea qu'ils avaient atteint la limite de la forêt, mais c'était en fait une vaste clairière où se dressait la maison du garde. Un chien vint à leur rencontre en remuant la queue, suivi d'une femme et d'un bébé.

— Qui nous amènes-tu ?

— Un journalier pour ma sœur.

— Comme celui que nous avions ?

— Plus ou moins.

— Viens, petit, je vais te donner à manger, dit la femme.

Il se gava de pommes de terre cuites dans de la graisse de sanglier et d'oignons frits. Il était seul. Une grosse miche de pain trônait sur la table. On en avait coupé une tranche et Srulik se jeta dessus sans savoir si elle lui était destinée. Il était sur le point d'exploser, mais il continua à se bourrer de pain, et il finit pas en couper un gros morceau qu'il cacha au fond de sa poche. Le garde forestier qui, entre-temps, avait sorti et sellé son cheval vint le chercher.

Ils parvinrent à une petite ferme, au bord d'un champ de pommes de terre. Le village se trouvait vraiment tout près de la forêt. Deux chiens, accourus à leur rencontre en aboyant, se calmèrent instantanément en remuant la queue. Une femme sortit de la maison. Le garde forestier sauta de cheval, il embrassa sa sœur, lui murmura quelques mots à l'oreille et fit descendre Srulik, qui paniqua quand les chiens se mirent à le flairer.

— N'aie pas peur, ils ne sont pas méchants, dit la femme.

Il y avait plusieurs bâtiments à côté de la maison. L'un servait d'étable, un autre de bergerie et, au milieu, se dressait une remise. Des arbres fruitiers et des plates-bandes de légumes poussaient devant la maison. Des poules sautillaient dans la cour et, allongée par terre, une truie allaitait ses petits.

— Attends ici, ordonna la femme en entrant dans la maison avec son frère.

Srulik resta dans la cour avec les chiens.

Il tira le pain de sa poche et se mit à le mastiquer très lentement. Les chiens s'approchèrent avec curiosité. Srulik ignorait s'ils aimaient le pain. Il en prit un morceau et le malaxa en une boule de pâte compacte qu'il tendit à l'une des bêtes. Elle la flaira et tenta de l'attraper. Terrifié par ses crocs, Srulik lâcha la boulette, que le chien récupéra au vol. Le second s'avança pour réclamer son dû. Cette fois, Srulik attendit que l'animal vienne le lui prendre dans la main. Ce qu'il fit avec beaucoup de délicatesse. Srulik continua à manger son pain sans oublier les chiens entre deux bouchées. « Ils ne sont effectivement pas méchants », pensa-t-il. Il allongea la main pour caresser la tête de l'un des deux. Le second vint quémander à son tour une caresse.

Le garde forestier et sa sœur ressortirent. L'homme remonta à cheval avec son fusil en bandoulière et, avant de partir, il fit un signe de tête à Srulik.

— Sois gentil, hein ! lui lança-t-il.

Sa sœur agita la main en signe d'adieu. Elle conduisit Srulik à l'étable. Les chiens leur emboîtèrent le pas. Il y avait là trois vaches et deux petites génisses, couchées sur la paille. La femme lui montra comment remplir la mangeoire de foin et ce qu'il fallait faire pour empêcher les bêtes de sortir.

— Maintenant, répète tout ce que je t'ai dit.

Srulik réussit parfaitement l'examen.

La femme saisit un seau et se mit à traire pendant que Srulik l'observait.

— Passe-moi la timbale. Elle est sur le mur, là-bas, dit-elle avec un geste du menton.

Srulik lui apporta un gobelet en fer-blanc, suspendu à un crochet rouillé, que la femme remplit de lait et lui offrit.

— Bois, mon petit. Comment t'appelles-tu ?

— Jurek.

Il but avidement le breuvage tiède. Quand il eut terminé, elle lui demanda de le rincer et de le remettre à sa place.

— Vous ne trayez pas la troisième vache ?

— Tu vois comme elle est grosse. Elle va bientôt mettre bas, et elle recommencera à avoir du lait après.

De là, la fermière l'emmena à la bergerie. Il y avait quatre moutons qui se mirent à bêler en la voyant. Elle apprit à Srulik à les nourrir, puis ils retournèrent dans la cour et elle lui expliqua comment tirer l'eau du puits. Le puits, circulaire et très profond, était entouré d'un muret de brique. Il était surmonté d'un petit toit posé sur deux poteaux et, dessous, il y avait un treuil en bois que l'on actionnait à l'aide d'une manivelle. Une longue corde y était attachée. La femme se pencha et poussa un cri que lui renvoya l'écho. Srulik se dressa sur la pointe des pieds et l'imita :

« Houuu ! »

L'écho lui répondit. La femme lui sourit et il lui sourit à son tour. Elle lui montra comment puiser de l'eau, mais Srulik était trop petit pour tourner la manivelle à fond. Avisant une caisse dans un coin de la cour, il l'approcha, grimpa dessus et réussit à remonter le seau. La femme le félicita pour son ingéniosité. Elle versa l'eau dans l'abreuvoir de l'étable. Elle s'y reprit à trois fois pour le remplir. Ensuite, elle ordonna à Srulik de faire de même dans la bergerie.

— Bon, dit-elle, tu vas dormir ici et, demain, tu mèneras les vaches et les moutons au pâturage.

Srulik examina la bergerie.

— Je dors où ?

— Tu peux te faire un lit dans la paille.

La femme appela les chiens et elle le laissa seul avec les moutons. Il fit ce qu'elle lui avait suggéré. La paille était semblable à celle dont sa mère garnissait les matelas, à la maison.

Le crépitement de la pluie le réveilla au milieu de la nuit. Un vent glacé s'engouffrait par les fenêtres ouvertes. Srulik ne réfléchit pas longtemps et alla se blottir contre les bêtes.

Quand la femme le réveilla le lendemain matin, il faisait beau. Seules les flaques d'eau dans la cour évoquaient la pluie tombée pendant la nuit. Il la suivit à l'étable et, tout en trayant les vaches, elle lui fit signe de lui apporter le gobelet en fer-blanc, qu'elle remplit de lait comme la veille. Une fois sa tâche terminée, elle lui passa un sac en bandoulière, le munit d'un long bâton, lui montra comment faire sortir les moutons et les vaches et l'accompagna au pâturage. Les deux chiens les escortèrent.

Il ne leur fallut pas longtemps pour arriver à une vaste prairie verte.

— Veille à ce que les bêtes n'aillent pas dans le pré du voisin, c'est tout, lui expliqua-t-elle. Et ramène-les au coucher du soleil.

— Comment fait-on ?

— Contente-toi de leur dire « à la maison », et tu verras qu'elles connaissent le chemin du retour mieux que toi. Ton déjeuner est là-dedans, ajouta-t-elle en désignant le sac qu'il portait à l'épaule.

— Comment sait-on qu'il est midi ?

Elle se mit à rire.

— Quand le soleil sera au plus haut dans le ciel. Tu apprendras. À ton retour, ce soir, tu dîneras avec moi.

Elle rappela les chiens.

— Tu les prendras avec toi lorsqu'ils t'auront adopté, dit-elle avant de s'en aller.

Srulik n'attendit pas que le soleil soit haut dans le ciel pour inspecter le contenu du sac. Il y trouva la moitié d'une miche de pain, une bouteille d'eau et du fromage blanc, enveloppé dans du papier journal. Il préleva un morceau de pain et de fromage en prenant soin d'en laisser assez pour le reste de la journée.

Il n'avait pas grand-chose à faire. Il ne craignait pas les moutons, mais il avait peur des vaches. Pourtant, quand elles se dirigèrent vers le champ voisin, il se planta devant elles et se mit à crier en agitant son bâton. À sa grande surprise, elles lui obéirent et, au lieu de l'attaquer à coups de corne et d'aller où bon leur semblaient, elles réintégrèrent docilement leur pré.

Srulik n'eut pas le temps de s'ennuyer ce jour-là. Couché dans l'herbe, il regarda les vaches brouter en arrachant l'herbe avec leur langue. Il découvrit avec stupeur qu'elles n'avaient pas de dents en haut, à l'avant de la bouche. Les moutons, en revanche, mangeaient avec leurs dents et leurs lèvres, comme un homme qui avale le contenu de son assiette. Ensuite, il s'intéressa à ce qui se passait dans l'herbe, près de lui, et observa les coccinelles, les fourmis, et autres menus insectes qui grouillaient à ses pieds. Les minuscules créatures qui peuplaient la prairie étaient très différentes de celles qui logeaient dans les feuilles et les aiguilles tapissant le sol humide de la forêt. Il se releva en apercevant un papillon multicolore, sans essayer de l'attraper de peur de l'abîmer. En revanche, il tenta plusieurs fois de capturer des libellules, mais sans succès.

Srulik épia avec curiosité deux jeunes bergers qu'il apercevait à une certaine distance en espérant qu'un jour il ferait leur connaissance et deviendrait peut-être leur ami. L'un d'eux gardait quelques vaches et l'autre, un troupeau de moutons. Plus près de lui, il y avait une fillette qui devait avoir son âge. Elle avait la garde de deux vaches, attachées par une corde à un piquet planté dans le sol.

Lorsque le disque rouge du soleil se coucha derrière les nuages qui s'amoncelaient à l'horizon, Srulik brandit son bâton en criant :

— À la maison !

Et miracle ! Les vaches levèrent la tête, et lui répondirent par un long meuhhhh, puis elles se mirent en branle, imitées par les moutons.

Quand il entra dans la cour, les chiens aboyèrent un peu avant de s'approcher de Srulik en remuant la queue. La femme remplit la mangeoire des vaches et lui ordonna de garnir celle des moutons et de leur donner à boire. Lorsqu'il revint à l'étable, elle avait terminé la traite. Elle l'envoya se laver le visage et les mains à l'abreuvoir et l'invita à entrer dans la maison, où il n'y avait qu'une seule pièce. Comme chez lui, à Blonie. Quelque chose mijotait sur le fourneau et l'air embaumait. Elle le fit asseoir à table et remplit les assiettes. Il connaissait deux des plats, l'omelette et les vermicelles, mais pas le troisième, jaune orangé, mélangé aux pâtes.

— C'est de la courge, lui apprit-elle. Tu sais ce que c'est ?

— Non.

— Je te montrerai plus tard dans le jardin.

Elle nappa son assiette de crème et posa un verre de lait devant lui.

— Tu me donneras tes vêtements quand tu auras fini de manger. Je les laverai. Tu mettras quelque chose d'autre en attendant qu'ils sèchent.

Elle lui fournit une chemise de nuit ayant appartenu à un adulte. Srulik sortit de ses poches son épingle-papillon et les deux morceaux de verre, il se déshabilla et enfila la chemise.

— J'ai brûlé tes habits, lui annonça-t-elle le lendemain matin. Si je les avais posés par terre, ils auraient marché tout seuls tellement ils grouillaient de poux.

Elle lui offrit une grande chemise dont elle avait coupé les manches et un pantalon d'homme, préalablement raccourci, qu'elle retourna à la taille et serra à l'aide d'une corde.

« Maintenant, je ressemble à Josele », songea Srulik.

Il mena paître les bêtes dans ses nouveaux habits. Un peu plus tard, il décida d'aller voir l'un des bergers, mais à peine eut-il tourné le dos que les vaches se dirigèrent vers le champ de blé. Il rebroussa chemin en courant. La fillette avec les deux vaches attachées par une corde à un piquet, qui broutaient en rond, était encore là. Ce n'était pas très loin, mais c'était une fille.

6

TU SAIS POURQUOI JE SUIS GENTILLE AVEC TOI ? DANS LE CHAMP DE POMMES DE TERRE.

Srulik faisait lentement son apprentissage. Il apprit à connaître les bêtes, à comprendre ce que disaient les vaches, ce qu'elles voulaient, pourquoi elles se mettaient soudain à secouer la tête et quelle brebis était la meneuse. Quelquefois, quand il s'ennuyait trop et que le soleil tardait à se coucher, il attrapait la bête par l'oreille et prenait le chemin du retour, alors ses deux compagnes lui emboîtaient le pas, immédiatement suivies par les vaches. S'il ne rentrait pas trop tôt, la femme ne le grondait pas, mais un jour, il était tellement en avance qu'elle s'était fâchée et ne l'avait pas invité à manger chez elle. Elle lui avait porté son dîner à la bergerie. Il n'y avait qu'une assiette de pommes de terre. Srulik n'avait plus jamais recommencé.

Il lui arrivait, le matin, de se réveiller avant l'arrivée de sa patronne. Sans doute à cause du chant du coq. Ou des moutons qui le bousculaient en se relevant, ou des chiens, venus jouer avec lui à l'aube. Et un jour qu'il était sorti dans la cour puiser de l'eau pour se laver la figure, il vit un homme de grande taille qui se glissait hors de la maison et se précipitait vers la forêt.

Il ne posa pas de question.

La fillette aux deux vaches occupait ses pensées. Il lui semblait qu'elle regardait souvent dans sa direction, elle aussi. Il essaya de l'appeler, mais elle ne répondit pas. Finalement, ce fut grâce aux chiens qu'ils lièrent connaissance. Il y avait déjà quelque temps qu'ils l'accompagnaient au champ, et Srulik avait appris à jouer, à se bagarrer avec eux et à se rouler dans l'herbe. La fillette les regardait avec intérêt.

Ce jour-là, elle semblait très occupée, déambulant au hasard ou s'allongeant dans l'herbe, les yeux tournés vers le ciel. Excepté de petits oiseaux qui voletaient ici et là, il n'y avait rien à voir, se disait Srulik. Que regardait-elle donc ? Que fabriquait-elle ? À midi, elle alluma un feu. On aurait dit qu'elle faisait cuire quelque chose dans les braises, et à la fin, elle s'assit pour manger. « Sûrement des pommes de terre », se dit-il. Les chiens flairèrent l'air et filèrent dans sa direction. Quand Srulik les rappela, ils lui obéirent. Alors la fille les rappela à son tour, et ils firent demi-tour. Voilà comment le jeu commença.

— Hé, le rouquin, qu'est-ce que tu as pour ton déjeuner ? lui cria-t-elle de loin.

— Du pain et du fromage !

— Moi, j'ai bien mieux que ça.

Srulik comprenait ce qui avait attiré les chiens.

— Qu'est-ce que c'est ?

— Des oiseaux rôtis.

— Tu en as donné aux chiens ?

— Non, juste les os.

— Je peux en avoir un peu ?

— Viens.

Srulik était très tenté, mais il avait à peine fait trois pas que ses vaches tournèrent la tête dans la direction défendue. Occupés à brouter, les moutons ne lui prêtaient aucune attention. « Les vaches sont plus malignes », se dit Srulik.

— Je ne peux pas. Autrement, les vaches vont aller manger le blé.

Conciliante, la fillette se déplaça. Elle avait apporté de minuscules oiseaux cuits dans la braise.

— Comment est-ce que tu les attrapes ?

— Tu ne sais pas ?

— Non.

— Tu veux que je te montre ?

— Oui.

— Qu'est-ce que tu m'offres en échange ?

Srulik réfléchit.

— Je n'ai rien.

— Comment tu t'appelles ?
— Jurek.
— Moi, c'est Marisha. Tu es de la famille de Mme Nowak ?
— Non.
— Tu viens d'où alors ?
— Son frère m'a trouvé dans la forêt.
— Qu'est-ce que tu y faisais ?
— J'étais là-bas.
— Où sont tes parents ?
— Ils sont morts, répondit-il, le cœur serré.

Étaient-ils vraiment morts ? Pouvait-on dire des vivants qu'ils étaient morts ? Risquaient-ils d'en mourir ? Et qu'étaient devenus ses frères et ses sœurs ? La fillette surprit son regard mélancolique.

— Je comprends, dit-elle. Mes parents sont morts aussi, et on m'a envoyé chez mon oncle et ma tante à la campagne. Leurs enfants vont à l'école en ville, et moi, je garde les vaches. Le soir, je dois aussi servir à table et faire la vaisselle, et ma cousine me tire la langue. Le dimanche, ils ne m'emmènent pas à l'église, je dois aller aux champs. Elle t'emmène à l'église, Mme Nowak ?
— Non.
— Et ils dorment dans des lits.
— Et toi ?
— À l'étable.

— Moi, je couche à la bergerie. Quand il fait froid, je me serre contre les moutons.

— Mon oncle et ma tante n'ont pas de moutons. Ils ont juste des vaches et des cochons. Et des poules. Bon, je vais t'apprendre à attraper et à cuire les oiseaux.

— Les cuire, je sais. Quand j'étais dans la forêt, j'avais un ami qui les chassait à la fronde. Et toi, comment tu fais ?

— Il est où, ton ami ?

Srulik haussa les épaules.

— Il est parti et il n'est plus revenu.

Elle défit sa natte et arracha deux longs cheveux. Elle les posa l'un à côté de l'autre sur l'herbe et fit un petit nœud coulant à l'extrémité de chacun d'eux.

— Tu vois, on pose un cheveu sur l'herbe pour fabriquer un joli nœud coulant. On attache solidement l'autre bout à un brin d'herbe. On jette des miettes de pain aux oiseaux qui s'approchent pour les picorer sans voir les cheveux tellement ils sont bêtes. Et quand il y en a un qui tire sur le cheveu avec sa patte, le nœud coulant se referme. Tu ne me crois pas ? C'est comme ça que mon grand frère chassait quand j'étais petite, et on avait toujours de la viande. Des étourneaux, des grives, des passereaux et un tas d'autres, mais je ne sais pas comment ils s'appellent.

— Il les attrapait avec les cheveux de tes tresses ?

Elle éclata de rire.

— Je n'avais pas de tresses à ce moment-là, imbécile. Quel âge as-tu ?

— Neuf ans, peut-être.

— Moi, j'ai douze ans, se vanta-t-elle. Il arrachait les crins de la queue du cheval.

— Et où il est ton frère ?

— Avec mes parents, au paradis. Bon, regarde comment on fait. Tu sais pourquoi je suis gentille avec toi ? Parce que tu es orphelin, comme moi.

Srulik la suivit avec les chiens. Elle déposa les deux cheveux par terre à une certaine distance l'un de l'autre, et en attacha une extrémité autour d'un brin d'herbe, au ras du sol. Elle tira des miettes de pain de la poche de sa jupe et les éparpilla autour.

— Voilà. Maintenant, on retourne voir tes vaches et tes moutons.

Il ne s'écoula pas longtemps avant que les oiseaux viennent becqueter le pain. L'un d'entre eux se fit prendre et tenta vainement de s'envoler. Marisha se mit à courir, Srulik sur ses talons. Quand il la rejoignit, elle tenait un petit oiseau à la main, elle ôta le nœud coulant de sa patte et le libéra. Puis elle ramassa le deuxième piège.

— Tu me crois, maintenant ?

Srulik avait compris. Il se demanda comment il allait faire puisque Mme Nowak n'avait pas de cheval.

— Tu me donneras quelques-uns de tes cheveux ?

— D'accord. Mais on pourra chasser ensemble.

Ce qu'ils firent le lendemain durant plus de la moitié de la journée. Une fois qu'ils eurent capturé une bonne quantité d'oiseaux, Marisha fit du feu sans se servir d'allumettes.

— Tu n'as pas d'allumettes ? s'étonna-t-il. J'en ai si tu veux.

— Moi aussi, j'en ai, mais je vais te montrer quelque chose.

À l'aide d'une lentille de verre convexe, elle projeta un point lumineux sur une feuille sèche. Au début, il n'en sortit qu'un peu de fumée et puis, subitement, une petite flamme s'éleva. Marisha rajouta des aiguilles de pin bien sèches et le tour fut joué.

— Comment tu as fait ? s'extasia Srulik.

— C'est le verre.

— Passe-le-moi cinq minutes...

— Je te le donnerai quand j'aurai mis les oiseaux à cuire.

Marisha lui donna un couteau et il coupa la tête de chacun des volatiles, il les vida et elle les enveloppa dans de la boue. Elle déposa les petits tas au milieu des braises, et ils s'assirent près du feu pour attendre.

— Un jour, j'ai accompagné mon frère dans la forêt et nous avons trouvé une serviette. Elle contenait un livre, un cahier et trois morceaux de verre comme celui-là. Dans le livre, il y avait des photos de papillons, de fourmis et de scarabées. On ne savait pas à quoi servaient les morceaux de verre, mais quand on a rapporté le cartable à la maison, papa a dit qu'il appartenait à un professeur de sciences naturelles. Et il nous a montré ce qu'on pouvait faire avec le bout de verre. Pas seulement du feu.

Marisha lui montra que le verre grossissait tout – l'extrémité des doigts, un brin d'herbe, une fourmi.

— Prête-le moi...

Ce morceau de verre était vraiment prodigieux. Il tenta vainement d'allumer du feu avec une feuille sèche.

— Pas comme ça. Tu dois te débrouiller pour que le soleil qui sort du verre soit le plus petit possible.

— Tu veux quoi en échange ?

— Qu'est-ce que tu proposes ?

Srulik sortit l'épingle en forme de papillon de sa poche. Marisha l'examina dans tous les sens, elle l'accrocha à sa robe puis la lui rendit.

— Non.

— Tu n'as pas compris. Elle brille la nuit. Si on l'expose un peu au soleil dans la journée, le papillon renvoie la lumière qu'il a accumulée et il éclaire dans le noir.

— Je l'emmène chez moi pour vérifier. Si c'est vrai, alors j'accepte.

Ils sortirent les oiseaux braisés du feu, les firent rouler dans l'herbe et brisèrent la gangue d'argile. Le repas était prêt et ils s'installèrent pour le savourer. Srulik apporta sa bouteille d'eau. Marisha but sans effleurer le goulot de ses lèvres.

— On ne boit pas comme ça, remarqua-t-elle quand ce fut son tour. Tu ne dois pas poser les lèvres si tu partages avec quelqu'un. Tu ne savais pas ?

Srulik l'ignorait.

— Tu dois verser l'eau directement dans la bouche sans toucher avec les lèvres.

Il s'entraîna. La viande et le pain étaient un vrai festin.

— C'est assez fatigant, mais comme on n'a rien d'autre à faire, et puis j'adore les oiseaux rôtis...

— Moi aussi.

— J'aurais voulu être un garçon pour savoir chasser les perdrix, soupira Marisha.

— Comment on fait ?

— À la fronde.

— Les perdrix sont plus grosses ?

— Bien sûr. Elles sont plus grosses qu'un pigeon. Je te montrerai demain matin.

— On ne peut pas les chasser avec un cheveu ?

— Non. Elles sont trop robustes. Même avec un crin de cheval, on ne peut pas.

Quand ils se retrouvèrent, le lendemain matin, elle lui donna la loupe.

— Le papillon brille vraiment la nuit.

Elle lui avait également apporté un gros morceau de saucisson.

— Je l'ai volé. Je t'en donne la moitié si tu joues avec moi.

Srulik acquiesça.

— On joue à quoi ?

— Tu verras après manger.

Le repas terminé, elle l'entraîna vers le chemin qui séparait le pré du champ de blé, elle s'assit par terre et lui montra comment jouer aux osselets avec de petites pierres. Elle les lançait et les rattrapait à une vitesse stupéfiante.

— C'est un jeu de filles, mais on s'en moque.

Srulik essaya. Ce n'était pas facile.

— Tu n'y arriveras pas du premier coup. On jouera tous les jours et tu apprendras vite.

Assis en face d'elle, il vit sa jupe remonter au-dessus du genou.

— Espèce de dégoûtant. Qu'est-ce que tu regardes ?

— Je ne regardais pas. C'est la façon dont tu es assise, on voit tout.

— Si j'étais riche, tu ne verrais rien.

— Pourquoi ?

— Parce que je porterais une culotte, comme une dame. Bon, maintenant, c'est ton tour, baisse ton pantalon et montre.

Srulik accepta. Elle l'inspecta attentivement.

— Il n'est pas comme celui des autres garçons !

Srulik s'affola. Il avait oublié qu'il lui était formellement interdit d'enlever son pantalon.

— Ne le dis à personne.

— D'accord.

Marisha n'avait pas envie de chasser tous les jours. La plupart du temps, elle préférait s'étendre au soleil. Elle donna quelques cheveux à Srulik pour qu'il essaie tout seul. Elle gardait ses vaches et ses moutons à sa place pendant qu'il capturait les oiseaux, allumait le feu et préparait le repas.

Un beau jour, quelque chose d'étrange arriva à la grosse vache qui ne donnait plus de lait. Elle perdait du liquide par derrière. Depuis quelque temps, il avait constaté que ses pis grossissaient et gonflaient, mais Mme Nowak lui avait signalé qu'elle ne donnerait du lait que lorsqu'elle aurait mis bas. Il n'avait pas vraiment compris ce qu'elle voulait dire par là. Croyant qu'elle allait mourir, il appela Marisha. Elle le rassura.

— Tu ne vois pas qu'elle est en train de mettre bas, idiot ?

Srulik faillit tomber à la renverse en voyant des petites pattes surgir brusquement. Marisha lui dit d'en attraper une. Elle saisit l'autre et ils se mirent à tirer ensemble. La vache soufflait en gémissant, et ils virent alors émerger un nez, une bouche, puis toute la tête avec les yeux et les oreilles. Srulik n'en revenait pas. Il était à la fois ému et terrifié. Après que la tête fut sortie, ils tirèrent encore une fois et le nouveau-né apparut tout entier avec le bruit d'un bouchon qu'on ôte d'une grosse bouteille.

— Qu'est-ce que je vais faire ? Comment je vais la ramener à la maison ? s'inquiéta Srulik.

— Pas la, *le*, corrigea Marisha, c'est un veau, et ne t'en fais pas, il ira tout seul.

Les deux autres vaches vinrent voir et flairer le petit veau. L'une fit mine de le lécher, mais sa mère la chassa. Peu après, le veau fit des efforts héroïques pour se mettre debout sur ses pattes flageolantes. Avant le coucher du soleil, il avait trouvé le pis et s'était mis à téter.

Bouleversé, Srulik ne quittait pas des yeux le petit veau et sa mère.

— Tu n'as jamais vu naître un animal ? Un chien, un chat ou un mouton ? s'étonna Marisha.

— Non. Une fois, chez moi, il y avait un agneau qui venait de naître mais je n'ai pas vu comment.

— Tu sais quoi ?

Il la regarda avec curiosité.

— Les enfants naissent comme ça aussi.

Srulik éclata de rire.

— Tu racontes n'importe quoi.

— Mais si. C'est pour ça que celui des garçons est comme le tien et que, chez les filles, c'est comme ce que tu as vu sous ma jupe.

Srulik la dévisagea et se rendit compte qu'elle parlait sérieusement.

— Et tu sais comment les bébés entrent dans le ventre de leur mère avant de commencer à grandir à l'intérieur ?

Srulik n'en avait pas la moindre idée, et elle le lui expliqua.

— Tu es complètement folle !

— Tu n'a jamais vu un chien monter une chienne ? Ou un bouc une chèvre ? Tu me croiras quand Mme Nowak mènera sa vache à un taureau.

— Si, je sais. J'ai vu des chiens le faire dans mon village. Mais les gens, ce ne sont pas des chiens ou des vaches.

Marisha haussa les épaules.

— Tu comprendras quand tu seras grand. Moi non plus je ne voulais pas le croire au début.

Mme Nowak, sa patronne, mettait ses plus beaux atours le dimanche pour aller à l'église. Parfois, elle le considérait comme si elle réfléchissait à l'éventualité de l'emmener avec elle. Pourtant, les dimanches se succédaient sans qu'elle se décide.

Quand ses voisines venaient lui rendre visite, Srulik se cachait dès qu'elles arrivaient, mais elles l'apercevaient parfois dans la cour ou l'étable.

« C'est mon frère qui l'a trouvé, leur avait-elle expliqué. C'est un petit orphelin. Il s'appelle Jurek. »

Certaines lui souriaient, mais une vieille se renfrognait chaque fois qu'elle le voyait, et un jour, il l'entendit demander :

— Barbara, pourquoi ne l'emmènes-tu pas à la messe ? Il faudrait peut-être le baptiser.

— J'en parlerai au curé, répondit Mme Nowak.

Cette conversation perturba beaucoup Srulik.

Mais il avait un autre motif d'inquiétude. Son corps le démangeait de partout. Il ne savait pas si c'était à cause de la saleté ou des poux. D'abord, il commença à se gratter sur les mains, le long des doigts. En les examinant attentivement au soleil, il crut voir comme de petits dessins, fins et blancs, incrustés sous la peau. Après les avoir inspectés à son tour, Mme Nowak lui annonça qu'il avait la gale. Elle lui expliqua qu'il s'agissait d'un minuscule insecte qui creusait des sillons sous l'épiderme.

— Il existe une pommade noire contre ça. Je vais demander à mes voisines.

Mais elle n'en eut pas le temps.

Un soir que Srulik garnissait la mangeoire des vaches avant la traite, les chiens se mirent à aboyer sauvagement en se ruant vers le chemin conduisant à la ferme. Bientôt, on entendit le moteur d'une voiture.

— Ils viennent réquisitionner des animaux, signala Mme Nowak, furieuse. Va vite te cacher dans la remise, je vais enfermer les chiens dans la maison, ils sont capables de me les tuer.

Srulik obéit tandis qu'elle emmenait les chiens à l'intérieur. Une camionnette militaire avec deux soldats allemands à son bord entra dans la cour. Ils avaient des listes à la main. Ils prirent une brebis dans la bergerie. Srulik les épiait à travers une fente de la cloison. Ils avaient choisi sa préférée. L'un d'eux monta dans la fourgonnette pour attacher l'animal tandis que l'autre accompagnait la femme à l'étable. Srulik l'entendit demander :

— Où est l'enfant juif ?

— Il n'y a pas d'enfant juif ici.

— On m'a dit au village que vous en aviez un, insista l'Allemand.

Dès qu'ils furent entrés dans l'étable, Srulik se glissa hors de sa cachette, courut à la barrière, l'escalada et s'élança sur le chemin menant au champ de pommes de terre, en direction de la forêt.

Entre-temps, l'Allemand conduisit l'une des vaches hors de l'étable. Brusquement, elle tira de toutes ses forces sur la corde et détala. Le soldat la pourchassa en fulminant et c'est alors qu'il aperçut Srulik. Son premier réflexe fut de se lancer à sa poursuite, mais il se rendit vite compte que le fugitif avait pris trop d'avance et que, d'ici qu'il le rattrape, il aurait atteint la forêt. Rebroussant chemin, il cria à son camarade de démarrer et ils foncèrent derrière Srulik. Qui avait disparu.

En entendant vociférer derrière lui, Srulik avait tourné la tête et vu la vache galoper, l'Allemand sur ses talons, jurant et pestant. Soudain, le soldat l'avait découvert et s'était arrêté. Srulik n'avait plus le temps de se cacher. Il poursuivit sa course. Quand il regarda de nouveau derrière lui, il ne vit que la vache. Puis il entendit le vrombissement du moteur. Il s'engouffra dans le champ de pommes de terre, se jeta par terre et se mit à ramper.

La camionnette s'engagea dans le chemin, elle dépassa l'endroit où il était caché et gagna le terrain en friche, en bordure de la forêt, où elle stoppa. L'un des soldats sauta du véhicule et pénétra dans le champ qu'il se mit à explorer, rangée après rangée. L'autre arrêta le moteur et grimpa sur la camionnette pour dominer la situation.

Srulik entendit la voiture le dépasser et s'arrêter à l'orée du bois. Il continua à ramper. Il pouvait voir la cime des arbres sans lever la tête. Il songea à bondir et à courir de toutes ses forces dès qu'il aurait atteint la lisière de la forêt. Il s'efforça d'accélérer sans déplacer les tubercules, en remerciant mentalement le vent qui soufflait en rafales. Quelque chose lui barrait la route. Soulevant légèrement la tête, il découvrit un homme couché par terre qui le regardait. Une barbe hirsute et clairsemée dévorait son visage gris et ratatiné. « C'est un juif, se dit Srulik, il se cache lui aussi. » Il s'approcha le plus près possible de l'inconnu et chuchota :

— Sauvez-vous, les Allemands me poursuivent.

L'homme écarquilla les yeux sans répondre, et il tendit les bras en murmurant :

— Srulik...

— Papa ?

Il venait de reconnaître son père.

— Je croyais qu'ils vous avaient tués, ta mère et toi.

— Non.

— Où est maman ?

— Je ne sais pas.

Ils entendirent les deux Allemands crier. L'un était tout près, l'autre plus loin.

— Srulik, le temps presse. Je veux que tu te rappelles tout ce que je vais te dire. Tu dois vivre, tu le dois, tu entends ! Trouve quelqu'un qui t'apprenne à ressembler aux goï, à faire le signe de la croix et à prier comme eux, et alors tu pourras attendre la fin de la guerre chez un fermier. Adresse-toi toujours aux pauvres. Ils seront plus disposés à t'aider. Et, surtout, ne te baigne jamais avec les autres enfants.

— Je sais.

Le soldat, debout sur la fourgonnette cria quelque chose à son compagnon, qui lui répondit à deux pas d'eux.

— Vite ! dit son père. S'ils lancent les chiens, réfugie-toi dans l'eau, dans un marais, les chiens perdent leur odorat dans l'eau. Et l'essentiel, Srulik, ajouta-t-il précipitamment, c'est que tu oublies comment tu t'appelles. Efface ton nom de ta mémoire.

— J'en ai un nouveau : Jurek.

— Bon. Dorénavant, tu t'appelleras Jurek Staniak. Tu te souviens de Mme Staniak, l'épicière de Blonie ?

— Oui, papa.

— Comment t'appelles-tu ?

— Jurek Staniak.

— Mais lorsque tu auras tout oublié, même ta mère et moi, il y a une chose que tu dois te rappeler : tu es juif.

— Oui, papa.

Après un moment de réflexion, pour vérifier qu'il n'avait rien omis, son père ajouta :

— Réfugie-toi toujours dans la forêt, les Allemands ont peur de s'y aventurer à cause des partisans.

Le père se tut pour écouter les pas qui se rapprochaient. Il attira Srulik vers lui et, quand leurs visages se touchèrent presque, il prit sa tête entre ses mains et l'embrassa en gémissant comme un animal blessé.

— Srulik, maintenant, je vais courir. Les Allemands vont me poursuivre. Pendant ce temps, compte très lentement jusqu'à dix, rappelle-toi, très lentement, et puis fonce dans la forêt !

— Oui, papa.

Le père se releva et se mit à courir. Srulik put voir à quel point il avait changé. L'homme robuste, capable de soulever un sac de farine, avait rapetissé et semblait tout rabougri ; il n'était plus qu'une loque humaine. Les soldats hurlèrent. Celui qui était tout près, de même que celui qui se trouvait à une certaine distance. Srulik dut se faire violence pour ne pas se relever et filer sans attendre. Mais il se rappela ce que son père lui avait ordonné. Il se domina et se mit à compter. Comme lorsqu'il jouait à cache-cache. Très lentement. En arrivant à dix, il banda ses muscles et bondit. Du coin de l'œil, il aperçut les deux Allemands qui donnaient la chasse à son père en direction du village. Srulik détala dans la direction opposée. Il entendit deux coups de feu derrière lui. Puis encore un autre. Il continua à courir sans tourner la tête et disparut.

Cette nuit-là, il eut du mal à s'endormir. Il grimpa au sommet d'un grand arbre, ferma les yeux et se retrouva dans le champ de pommes de terre. Allongé devant lui, son père lui parlait. Il distinguait chacun de ses traits. Il avait le temps de les observer. Son visage était redevenu celui qu'il avait avant, quand Srulik était petit. Puis il entendit les paroles de son père, mais sans les cris des deux Allemands, sans hâte : « Tu dois rester en vie, Srulik. Il faut que tu trouves quelqu'un qui t'apprenne à ressembler aux goï. Tu sais faire le signe de croix ? Adresse-toi toujours aux pauvres. — Oui, papa. — Les chiens perdent l'odorat dans l'eau. Efface ton nom de ta mémoire. Comment t'appelles-tu ? — Jurek Staniak. — Mais même si tu oublies ton père et ta mère, rappelle-toi toujours que tu es juif. » Ensuite, Srulik compta jusqu'à dix, très lentement, comme s'il était encore à plat ventre dans le champ. Il s'endormit avant d'entendre les coups de feu, mais ils résonnèrent dans son rêve où il continuait à courir sans se retourner, incapable de détacher les yeux du vrai visage de son père.

7

Maintenant, elle va me faire cuire. Si tu ne sais plus quoi faire un jour.

L'automne arriva. La forêt changea de visage. Les feuilles des arbres jaunissaient, se fanaient et tombaient. Il était de plus en plus difficile de trouver des fruits des bois. Srulik grimpaient aux arbres pour cueillir des noix, mais leurs écales avaient durci et il devait les casser avec une pierre. Les champignons, en revanche, poussaient en abondance. N'en connaissant pas la plupart, Srulik ne mangeait que ceux qu'il avait l'habitude de ramasser avec son frère. Les beaux jours se raréfiaient et il était presque constamment trempé. Souvent, il se faufilait dans un village, à la tombée de la nuit, pour dérober de quoi manger, mais à l'approche de l'hiver les fermiers fermaient les maisons et les remises, et il ne restait presque rien dans les cours. Le matin, les flaques d'eau étaient de plus en plus souvent recouvertes d'une mince couche de glace, et lorsque la terre se mit à geler, il arrachait à grand-peine une carotte ou un radis oubliés dans un potager ou dans un champ. Les tomates et les concombres avaient disparu depuis longtemps, et Srulik, frigorifié, mourait de faim.

Un jour qu'il passait près d'un village, il aperçut un vieil homme occupé à couper du bois, sa veste posée sur la clôture. L'homme abandonna sa hache et rentra chez lui. Srulik jeta un coup d'œil alentour et, sans le moindre scrupule, il s'empara de la veste et prit la fuite. Le vêtement était en laine épaisse et garnie d'une doublure. Srulik tailla les manches avec un morceau de verre, il défit un bout de corde pour en récupérer les fils, enveloppa ses pieds nus avec les chutes des manches et noua le tout à l'aide des fils. Il avait toutes les peines du monde à allumer du feu pour se réchauffer, soit parce que le soleil faisait une trop brève apparition pour disparaître aussitôt, soit parce que le bois était trop humide.

Une nuit, la neige se mit à tomber sans discontinuer. Transi et claquant des dents, Srulik quitta la forêt et partit chercher du travail. La neige tomba toute la journée. Srulik pataugea des heures avant d'arriver, à la tombée du soir, dans un village à moitié enseveli sous la neige. Une bise froide lui cinglait la figure. Dehors, il n'y avait pas âme qui vive, ni homme ni bête. La neige s'amoncelait autour des maisons, sur les toits de chaume, les arbres nus, les charrettes, les puits et les clôtures. Un étroit passage était dégagé à l'entrée des fermes et des bâtiments pour en permettre l'accès. Au centre du village, Srulik repéra des traces de pas qu'il suivit. Une faible lueur brillait à certaines fenêtres. Il entra dans l'une des cours et se dirigea droit dans la grange, où il s'enfonça dans le foin, dans un coin relativement abrité ; il s'emmitoufla du mieux qu'il put dans sa grande veste et s'endormit. Il eut un sommeil agité, il se réveillait souvent, tremblant de fièvre, puis se rendormait. Il rêva qu'il se trouvait à la Gestapo avec sa mère. Ensuite, il vit le visage d'un inconnu qui prétendait être son père. « Je suis malade, se dit-il. — Adresse-toi toujours aux pauvres. Ils seront plus disposés à t'aider. — Oui, papa. »

En ouvrant les yeux, le lendemain matin, il ne savait plus où il était. Il avait mal à la tête et il s'affala par terre en essayant de se mettre debout. Il rampa dans la pénombre vers le jour, à l'entrée de la grange. Il s'adossa au mur et réussit à se relever. Il sortit par un matin d'hiver gris. La cour de la ferme n'avait pas l'air d'appartenir à des pauvres. Refrénant son envie de frapper à la porte de la maison, il quitta la cour et reprit son chemin. Les fermes n'étaient pas très éloignées les unes des autres, mais la distance à parcourir lui paraissait sans fin. Il lui semblait que chaque pas était le dernier qu'il était capable de faire. À chaque fois, il se forçait à dégager son pied de la neige pour le projeter en avant. Il n'avait qu'une envie, se coucher sur place, immédiatement. Soudain, le monde disparut et il ne vit plus que le ciel plombé au-dessus de lui. « Srulik, tu dois rester en vie. — Oui, papa. » Il comprit qu'il était tombé. Dans un immense effort de volonté, il se releva et découvrit devant lui une maison, un bâtiment délabré et une cour en partie clôturée. « C'est sûrement à des pauvres », pensa-t-il. Puis tout se brouilla et il vit double. Il se frotta les yeux et, dans un dernier sursaut, il atteignit l'entrée et monta quelques marches. Il frappa. Frappa. Un long moment plus tard, la porte s'entrouvrit à peine dans une nappe de brouillard argenté. Quand elle se dissipa, il distingua le visage d'une femme. Jamais il n'en avait vu d'aussi beau. Et puis tout s'obscurcit.

Il ouvrit les yeux. Il était couché sur un matelas douillet posé par terre. Penchée sur lui, il vit la belle femme dont il avait rêvé et, au-dessus de sa tête, le plafond d'une maison. Il comprit que ce n'était pas un rêve et que c'était bien elle qui lui avait ouvert la porte. La femme le regardait avec inquiétude.

— Tu es réveillé ?

— Oui, madame.

Une lessiveuse, posée sur le fourneau, dégageait un nuage de vapeur.

« Elle veut me faire cuire », songea-t-il.

La femme ôta la lessiveuse du feu, elle versa l'eau chaude dans un baquet, le déshabilla et l'inspecta de la tête aux pieds. « Qu'est-ce qu'elle est en train de faire ? » se demanda-t-il, désemparé. Elle examina ses blessures en hochant de temps en temps la tête. Il entra dans le baquet. L'eau était si chaude qu'il poussa un cri. Elle le frotta énergiquement sans lésiner sur le savon. Finalement, elle le sortit, le sécha, le coucha près du poêle et lui enduisit le corps d'une pommade noire. Ses plaies le brûlaient. Il gémit en suffoquant.

Soudain, elle disparut. Allait-elle jamais revenir ?

Elle reparut et rapprocha le matelas du poêle, où elle rajouta du bois.

« Maintenant, elle va me brûler vif », se dit-il.

Mais elle se contenta de le couvrir d'une couverture et, en dépit de la souffrance, il s'endormit, le cœur gonflé d'espoir. Il ne fut pas déçu. Les jours suivants, la femme le soigna avec un tel dévouement qu'il fut bientôt guéri. Elle lui donna de bons vêtements chauds.

— Qu'avez-vous fait de mes habits ? demanda Srulik.

— Je les ai jetés.

Cette nouvelle l'attrista. Alors elle lui tendit la loupe, cadeau de Marisha, qui était posée sur la cheminée.

Noël arriva. Srulik savait prier, attendre que la femme bénisse le repas et se signer avant de commencer à manger. Sa bienfaitrice lui passa autour du cou une croix et une médaille de la Sainte Vierge portant l'Enfant Jésus. Un jour, elle lui offrit des chaussures.

Comme elles étaient trop grandes, elle garnit le fond de papier roulé en boule.

— Ma mère faisait toujours ça.

— Ne me parle jamais de toi. J'aime mieux ne rien savoir. Mais il y a une chose que tu peux me dire, quel âge as-tu ?

Il réfléchit.

— L'été dernier, j'avais huit ans.

— Et comment t'appelles-tu ?

— Jurek Staniak.

— C'est un très joli nom.

Pendant la journée, elle lui interdisait de s'approcher des fenêtres et, le soir, après avoir allumé la lampe à pétrole dans la grande pièce, il devait rester dans un réduit obscur dont les fenêtres étaient tendues de lourds rideaux.

— Pourquoi ? avait-il demandé.

D'abord, elle refusa de répondre. Finalement, elle lui en donna l'explication :

— Mon mari et mes deux fils sont des partisans. Tu sais ce que c'est ?

Il hocha la tête.

— J'avais aussi une fille, mais les Allemands l'ont torturée et ils l'ont pendue dans la forêt. Même si elle l'avait voulu, elle n'aurait pas pu leur dire où étaient son père et ses deux frères puisqu'elle l'ignorait.

En lui racontant son histoire, la femme avait les yeux secs, le visage pâle et fermé.

— Alors ils sont venus ici et ils m'ont battue, poursuivit-elle. Et puis ils ont fini par me laisser tranquille.

— Un jour, ils ont frappé ma mère à la Gestapo, intervint Srulik.

— Je pense qu'ils se servent de moi comme appât. Je suis sûre qu'ils m'espionnent pour voir qui vient chez moi. C'est pour ça que tu dois te cacher. Tu ne dois pas sortir et il faut éviter de t'approcher de la fenêtre pendant la journée, et le soir aussi, quand la maison est éclairée. C'est dommage, mais je ne peux pas te garder chez moi. J'ai peur qu'ils reviennent chercher mon mari et mes fils. S'ils te trouvent, ils te tueront.

Ouvrant un passage aménagé dans le plancher de la cuisine, invisible à l'œil nu, elle lui montra la resserre où elle entreposait les légumes et l'échelle qui y menait :

— S'il arrive quelque chose, tu descendras là.

Il l'aida à décorer le petit arbre de Noël qu'elle avait rapporté. Le soir, elle alluma les bougies qui l'ornaient et, de la porte de son cagibi, il la regarda prier, à genoux près de l'arbre, en se frappant la poitrine.

Le lendemain, elle lui apporta un chapeau. Il frémit.

— Non, ce n'est pas encore le moment, le rassura-t-elle.

Elle lui dit d'aller dans la petite chambre, de refermer la porte puis de frapper, et quand elle lui ouvrirait, d'entrer dans le salon, d'ôter son chapeau et de déclarer : « Que Jésus-Christ soit béni », puis d'attendre la réponse : « Pour les siècles des siècles, amen. » Ils répétèrent la scène plusieurs fois.

— C'est parfait, le félicita-t-elle enfin. Maintenant, tu vas me dire ce que tu dois répondre si on te demande : « D'où viens-tu ? », « Où sont tes parents ? », des questions de ce genre, tu comprends ?

— Je ne sais pas.

La femme le fit asseoir devant elle et lui raconta une histoire.

— Tu es né dans un petit village. Tu ne te rappelles pas son nom. Mais tu te souviens qu'un jour, ton père a attelé les chevaux à la charrette, qu'il y a chargé différents objets et que vous vous êtes mis en route tous les trois, ton père, ta mère et toi.

— Je n'ai ni frères ni sœurs ?

— Non, tu es fils unique.

— Chez nous, je suis le plus petit.

— Vous êtes partis, et, sur la route, il y avait beaucoup de monde avec des charrettes et des chevaux, des soldats et des voitures. Tu ne te rappelles pas combien de temps a duré le voyage, tout ce dont tu te souviens, c'est d'un grand vacarme. Un avion a volé très bas au-dessus de vos têtes et tu as entendu un vrombissement, et puis une rafale de coups de feu a atteint les chevaux et la charrette. Tes parents sont tombés et ils n'ont plus bougé. Ils n'ont pas répondu non plus quand tu leur as parlé. Leurs habits étaient tout rouges et humides. Des gens que tu ne connaissais pas t'ont emmené dans leur village. Tu ne sais pas combien de temps tu es resté chez eux. Mais le fermier buvait et il te battait, si bien que tu es parti. Depuis, tu vas de village en village. Tu t'en souviendras ?

— Non.

Jour après jour, la femme lui répétait l'histoire. Elle lui avait dit qu'il n'était pas obligé de se rappeler les détails. Il devait seulement les connaître. Et lorsqu'on lui demanderait d'où il venait et où étaient ses parents, il devait répondre comme si ce qu'elle lui racontait maintenant s'était réellement passé.

Un jour, elle l'interrogea de but en blanc :

— D'où viens-tu ?

— Je ne me rappelle pas.

— Où sont tes parents ?

— Ils ont été tués dans leur charrette par un avion.

— Quel âge as-tu ?

— Je crois que j'ai neuf ans.

— Très bien. Maintenant, je vais t'apprendre ce que tu dois faire si tu vas à l'église avec tes patrons.

— Je n'en ai pas.

— Oui, mais tu en auras un jour.

Elle lui expliqua les gestes à accomplir en entrant et en sortant, et de toute façon, il verrait bien comment se comportaient les autres et il n'aurait qu'à les imiter.

En le réveillant, quelques jours plus tard, elle lui annonça qu'ils allaient se quitter. Il devait partir. Il irait dans un autre village. Elle craignait que quelqu'un l'ait aperçu chez elle. Elle avait entendu des voix et des pas dans la neige et elle n'en avait pas dormi de la nuit. Elle lui donna une besace avec des provisions pour la route.

— Si, un jour, tu ne sais vraiment plus quoi faire, tu peux toujours revenir chez moi, mais si tu ne peux pas, va à l'église et demande de l'aide au curé.

Elle l'observa et ajouta :

— Tu es un enfant attachant, Jurek, les gens t'aideront.

Il examina la belle femme. Elle n'avait pas l'air pauvre. Juste triste et très seule. Est-ce que les gens tristes et seuls sont plus serviables, pas seulement les pauvres et les prêtres ? se demanda Srulik.

Au cours des semaines qu'il avait passées chez elle, il s'était rétabli et avait repris des forces, il avait même grossi. Le matin où il la quitta pour s'enfoncer dans un univers neigeux, il se sentait en pleine forme, robuste et sûr de lui. Il savait enfin quoi faire et comment agir. Désormais, il n'était plus Srulik, il était Jurek Staniak. Et pour le vérifier, il tâta la croix et la Sainte Vierge qu'il avait autour du cou.

Quelques kilomètres séparaient généralement les hameaux les uns des autres. Après deux ou trois heures de marche dans la neige, il arriva au village voisin. Il jeta son dévolu sur une grande exploitation qui avait l'air prospère. Il frappa à la porte. Elle s'ouvrit et la chaleur qui s'échappa de la salle à manger le frappa au visage. Jurek Staniak ôta son chapeau et dit d'une voix claire :

— Que Jésus-Christ soit béni !

La réponse ne se fit pas attendre et on l'invita à entrer.

8

Le prix des raclées.
Jésus était juif lui aussi.

La famille Wrobel était à table. Le fermier lui proposa de se joindre à eux. Sa femme lui servit une assiette de pommes de terre et de l'omelette. Jurek n'oublia pas de se signer avant de commencer à manger. Le repas se déroula en silence, excepté les bruits de succion, les claquements de langue et le tintement des cuillères sur les assiettes en fer-blanc. En louchant sur celle du garçon blond, son voisin, âgé d'une douzaine d'années, il remarqua des morceaux de viande. Une fois le repas terminé, le père se tourna vers lui :

— Qu'est-ce qui t'amène ici, petit ?

— Je cherche du travail.

— Comment t'appelles-tu ?

— Jurek Staniak.

— Que sais-tu faire ?

— Un peu tout.

— De quel village viens-tu ?

Jurek haussa les épaules.

— Tu ne sais pas ?

Jurek leur servit l'histoire de l'avion qui avait survolé leur charrette.

— Papa et maman ne parlaient pas. Ils étaient couchés. Et les chevaux étaient morts. Des gens m'ont d'abord emmené chez eux. Mais comme le fermier me battait, je suis parti. Depuis, je travaille de village en village. Si on me frappe, je vais ailleurs.

— Pauvre petit orphelin ! s'apitoya la femme.

— Il doit s'agir de ceux qui ont essayé de fuir vers l'est au début de la guerre, commenta l'homme.

Jurek hocha la tête.

— Peut-être.

— Pauvre petit orphelin ! répéta la femme.

— Tu peux travailler chez nous si tu veux, dit le fermier. En échange, tu dormiras à l'étable ou dans la porcherie et tu auras à manger.

Mateusz Wrobel était un homme de haute taille, corpulent et chauve. Sa femme, Mania, était délicate et voûtée, et son visage ridé révélait des années de dur labeur. À table, il y avait aussi un jeune homme. Le garçon qui était assis à côté de lui suivait attentivement la conversation. Le jeune homme et le garçon ressemblaient à leur mère.

Les premières semaines, Jurek s'occupa des cochons. Il ne rechignait pas à la tâche. La pitance des bêtes consistait généralement en une pâtée composée de farine complète et de pommes de terre à laquelle il lui arrivait souvent de goûter. Plus tard, il lui incomba aussi de garnir la mangeoire des vaches avant la traite et de nourrir les moutons s'il n'y avait personne d'autre pour s'en charger. Mais seuls le père et le fils aîné s'occupaient des chevaux. Même si Jurek en avait peur, il ne ratait pas une occasion d'entrer à l'écurie pour les admirer. Il essayait de les approcher et de les toucher. Ce n'était pas de la simple curiosité. Depuis sa fuite à cheval avec le fermier qui l'avait tiré des ordures, Jurek nourrissait un sentiment spécial à l'égard des chevaux. Le grand corps chaud galopant sous lui, l'odeur et le contact de la peau, couverte de poils courts et délicats, étaient restés gravés dans sa mémoire. Franek, le fils cadet, qui le voyait venir à l'écurie et avait surpris ses regards émerveillés, lui demanda :

— Tu voudrais que je t'apprenne à monter ?

— Oh oui !

— Il faudra attendre la prochaine fois que j'irai les laver. Je te le dirai.

Un jour qu'il était venu le voir travailler, le fermier hocha la tête avec satisfaction.

— Quel âge as-tu ?

— Neuf ans, je crois.

— Alors si je te frappe, tu t'en iras ailleurs ?

Jurek sourit.

— Moi, quand j'avais neuf ans, j'ai quitté la maison pour aller travailler dans la ferme des maîtres, et je ne revenais que le dimanche. Nous étions onze enfants. À chaque fois qu'un enfant naissait, il fallait faire de la place et, dès neuf ans, on nous envoyait travailler à l'extérieur.

Puis il lui confia combien de vaches, de moutons et de chevaux il possédait avant que les Allemands les confisquent.

En semaine, le fermier était un homme aimable. Il tapait sur l'épaule de Jurek et il était gentil avec tous les animaux, pas seulement avec les chevaux. Mais le dimanche, lorsqu'il revenait ivre à la maison, on aurait dit une bête féroce. C'était généralement le cas après une beuverie qui se prolongeait du samedi soir à l'aube du lendemain. Brusquement, la maison retentissait de hurlements, de vaisselle brisée et de claquements de porte. Quand Wiktor, l'aîné, était là, il intervenait pour protéger sa mère. Il jetait son père dehors, lequel passait sa colère sur les vaches qui revenaient de la traite, ou sur les porcs qu'il chassait à coups de pied de l'enclos. S'il parvenait à mettre la main sur Franek ou Jurek, il les giflait, leur tirait les oreilles ou leur bottait les fesses. Et le lundi, pas rasé, tout débraillé, la mine contrite, il allait chercher Jurek et lui demandait :

— Combien de taloches je t'ai flanquées hier ?

Jurek faisait le compte et recevait un zloty pour chaque coup. Les lundis donc, après son travail, il allait s'acheter des bonbons dans la petite épicerie du village, et une fois ou deux, il se procura même une boîte d'allumettes. Il n'avait pas oublié à quel point il en avait eu besoin dans la forêt, et il décida d'en faire provision à tout hasard.

Un jour, Franek entendit son père demander à Jurek combien de raclées il avait récoltées.

— Qu'est-ce que tu es bête alors, pourquoi tu n'en rajoutes pas ? lui dit-il quand ils furent seuls. Moi aussi il me paie. Sinon, ça fait longtemps que je me serais débiné quand il me frappe. Mais là, ça vaut la peine.

Ce jour-là, ils allèrent ensemble s'acheter des bonbons. La mère les croisa au retour, en train de se gaver de sucreries.

— Tu vois, Franek, toi qui voulais un petit frère, tu en as un maintenant ! Pourquoi ne vas-tu jamais jouer avec les autres enfants ? demanda-t-elle à Jurek.

— Où ça ?

— Franek va te montrer.

Franek l'entraîna derrière les dernières maisons du village, vers un terrain vague qui servait l'été de stade de football. Une bande d'enfants – il y en avait de très jeunes et d'autres de l'âge de

Franek – entouraient deux garçons, armés d'un fouet, qui se battaient sauvagement. Jurek n'avait jamais vu ça. Ils se joignirent aux spectateurs, et la lutte se poursuivit jusqu'à ce que l'un des adversaires s'avoue vaincu. Des regards curieux s'attardaient sur lui.

— Qui c'est ?

— Il travaille chez nous.

— Approche un peu qu'on te voie.

Jurek craignait de devoir participer à l'épreuve du fouet, mais pour faire partie de la bande, il fallait prouver sa force. Les autres lui choisirent un rival qui paraissait de sa taille, et Jurek l'emporta facilement. Ensuite, il dut se mesurer à un garçon plus grand. La lutte dura longtemps. Les adversaires se roulaient par terre sous les cris d'encouragement de l'assistance. Au début, tout le monde, sauf Franek, soutenait le champion local, mais la résistance acharnée de Jurek força l'admiration et la sympathie de quelques-uns. Finalement, on décréta qu'il y avait match nul.

Depuis, Jurek allait de temps en temps retrouver ses nouveaux camarades, quelquefois en compagnie de Franek. Il excellait au football avec un ballon de chiffon, mais il essayait autant qu'il le pouvait de se défiler au jeu du fouet, sauf quand il n'avait pas le choix. Les enfants aimaient aussi organiser des concours – qui cracherait ou qui ferait pipi le plus loin possible. Si les concours de crachats ne posaient pas de problème à Jurek, ce n'était pas le cas des concours de pisse. Il faisait de son mieux pour cacher son sexe dans ses mains, même si personne ne faisait attention à lui vu que chacun regardait devant soi pour voir qui avait gagné. Concernant la course, on s'aperçut vite qu'il était particulièrement doué dans ce domaine. Il battait tout le monde.

— Demain, je viendrai avec mon grand frère, et on verra ce qu'on verra, déclara l'un des enfants.

Il tint parole. On traça la ligne de départ et la ligne d'arrivée et, surexcités, tous se massèrent avec curiosité. L'arbitre siffla et les deux concurrents s'élancèrent. Jurek battit le grand frère qui, de dépit, lui donna un coup de pied.

— Sale youpin ! lança-t-il.

Franek et ses camarades protestèrent.

— Si tu continues, Zigmunt, je le dirai à mon frère et ça va être ta fête, prévint Franek.

L'autre l'injuria en décampant. Mais il n'était pas prêt d'oublier son humiliation.

Au printemps, tandis que le père et ses deux fils labouraient et semaient, Jurek menait paître les vaches. Les dimanches, Franek l'accompagnait. Dès le premier jour, il lui montra sa fronde et fit étalage de son adresse : en deux temps trois mouvements, il avait tué deux perdrix.

Jurek ramassa du bois qu'il disposa pour allumer le feu, mais Franek dispersa son échafaudage d'un air méprisant :

— Viens, je vais te montrer, pauvre andouille.

Franek se dirigea vers un bosquet voisin d'où il ramena des brindilles, des aiguilles de pin bien sèches et quelques grosses branches. Il édifia une légère pyramide de brindilles sous lesquelles il glissa les aiguilles de pin et, cela fait, il tira une boîte d'allumettes de sa poche. Quelques instants plus tard, un grand feu crépitait joyeusement. Jurek alla chercher de la boue dans le champ voisin et ils firent cuire les oiseaux comme tous les petits campagnards savent le faire depuis la nuit des temps.

— Franek, comment on fabrique une fronde ?

— Je te vends la mienne, si tu veux. J'en ai deux autres à la maison.

— Combien ?

— Dix zlotys. Tu peux les gagner en deux ou trois dimanches.

Jurek débordait de reconnaissance. Ayant finalement réussi à acheter la fronde de Franek, il n'arrêtait pas de s'entraîner en visant tout ce qui bougeait, quoique sans grand succès.

Franek n'avait pas oublié sa promesse. Quand le temps se radoucit, il l'invita à l'accompagner avec les chevaux à la rivière.

— Sans selle ? s'étonna Jurek.

— Ben oui ! On ne lave pas les chevaux avec une selle. Viens, je vais t'aider à monter. La jument mouchetée est douce et très calme.

Jurek se jucha sur la jument en cherchant à quoi se retenir.

— Tiens-toi à la crinière !

Franek enfourcha un autre cheval et ils se mirent en route. Une fois le vertige et le manque d'équilibre surmontés, Jurek était au comble du bonheur.

Arrivés à la rivière, ils conduisirent les trois chevaux dans l'eau. Les bêtes y entrèrent docilement en s'ébrouant. Les deux enfants les suivirent, et Franek tira des chiffons d'une sacoche.

— Frotte-la fort, dit-il, elle adore ça.

Ç'avait été une rude tâche, mais en chevauchant sur le chemin du retour, Jurek rayonnait de fierté.

Dès lors, Mateusz Wrobel lui permettait quelquefois de monter la jument mouchetée jusqu'aux pâturages, toujours sans selle mais avec la bride et les rênes pour pouvoir la ramener à la maison.

En attendant de savoir chasser la perdrix comme Franek, Jurek arrachait des crins à la queue de la jument et posait ses pièges dans le champ. Il revoyait les nattes de Marisha, sa jupe, ses osselets et ses doigts si agiles. « Tu sais pourquoi je suis gentille avec toi ? » Cette phrase lui réchauffait le cœur chaque fois qu'il y repensait.

Depuis qu'il avait perdu à la course contre Jurek, Zigmunt attendait l'occasion de se venger. Un jour qu'il passait devant le terrain vague où les enfants faisaient un concours, de pipi, il s'arrêta pour les regarder. Jurek ne le vit pas approcher et, avant qu'il comprenne ce qui lui arrivait, l'autre lui écartait les mains pour regarder son sexe.

— Un youpin ! Je le savais ! Je le savais ! Tu vas venir avec moi. C'est les Allemands qui vont être contents !

Jurek se dégagea et s'enfuit en courant. Zigmunt renonça à le rattraper et s'en fut avertir son père.

Jurek se précipita à la maison. Mateusz Wrobel et ses fils réparaient une charrette dans la cour. Jurek leur raconta ce qui s'était passé.

— Zigmunt ? On les connaît, lui et sa famille, dit Wiktor.

— Tu nous a menti ! fulmina le père. Maintenant, on est tous en danger par ta faute !

— Il n'avait pas le choix, intervint Wiktor.

— Et alors ? Il a bien travaillé, non ? renchérit Franek. Tu ne vas pas le dénoncer aux Allemands à cause de cet imbécile de Zigmunt, hein, papa ?

— Non, tu as raison, Franek. Appelle ta mère.

Pendant ce temps, Jurek était allé à l'étable chercher sa veste et la besace contenant les chaussures que lui avait offertes la belle femme.

À son retour, il trouva la mère qui l'attendait avec des provisions dont elle remplit son sac.

— Que Jésus-Christ te protège, Jurek !

— Il a intérêt, il était juif lui aussi, lança Wiktor.

Le père jeta violemment son marteau dans la charrette.

— Tu blasphèmes ! Tu iras en enfer !

— On s'y retrouvera, papa, riposta Wiktor.

— Arrêtez, supplia la mère. Dites adieu à cet enfant. Pauvre petit orphelin !

Franek et Wiktor l'accompagnèrent un bout de chemin, au-delà des dernières maisons du village. Ils craignaient que Zigmunt et son père tentent de le surprendre en cours de route. Dès qu'ils le quittèrent, Jurek se retourna pour regarder le village une dernière fois. Dire qu'il avait cru avoir trouvé une famille où attendre la fin de la guerre !

9

Un ami fidèle.
Le rasoir du curé.

Jurek rencontra ses nouveaux patrons par hasard, en cherchant des pierres pour sa fronde sur le chemin, à l'extérieur de la forêt. De loin, il vit un paysan qui semait son champ. À chaque pas, l'homme puisait dans un sac de toile, qu'il portait en bandoulière, une poignée de graines dorées qu'il lançait d'un geste ample, lentement, à la même cadence, comme s'il rendait un culte à Dieu. Fasciné, Jurek s'approcha pour mieux voir. Il était midi. La femme du fermier lui apporta son déjeuner. Jurek s'avança et salua.

— Tu as faim, petit ?

Il fit signe que oui.

— Viens manger avec nous.

Il se signa et s'assit à côté d'eux.

Après les questions d'usage, la femme se tourna vers son mari.

— Jozef Wapielnik cherche quelqu'un pour garder ses vaches. Je pourrais peut-être le lui emmener ?

L'homme hocha la tête.

Jurek accompagna la fermière. Le village s'étendait au pied d'une petite colline au sommet de laquelle se dressaient les ruines d'un grand bâtiment. C'étaient peut-être les vestiges d'une forteresse ou d'un château. Ils entrèrent dans une grande ferme bien entretenue. La femme frappa à la porte. Un homme à la mine sombre leur ouvrit.

— Monsieur Jozef, vous cherchiez un berger, je crois ? Je vous ai amené ce garçon.

Le fermier examina Jurek.

— Bon, je te prends à l'essai. Comment t'appelles-tu ?

— Jurek Staniak.

L'homme lui dit de l'attendre dans la cour, il lui donna une brouette remplie de nourriture pour les cochons et l'expédia à la porcherie. Quand Jurek eut fini de nourrir les bêtes, il retrouva le fermier devant la maison.

— Tu dormiras dans la grange, et demain, tu sortiras les vaches.

— Bien, maître.

Le fermier le conduisit à la grange et lui désigna une couverture, jetée dans un coin. Jurek comprit que quelqu'un l'avait précédé. Une fois seul, il secoua la couverture et entendit quelque chose tomber à ses pieds. Il se baissa et ramassa un objet métallique, un canif à une seule lame. En l'ouvrant, il vit que le bout était ébréché. Il le reconnut immédiatement. C'était le couteau de Josele. « Il était ici avant moi ? Que lui est-il arrivé ? » Jurek n'osait pas questionner le fermier. « Je verrai plus tard », pensa-t-il.

Jozef Wapielnik avait toujours l'air en colère, sa femme était petite, laide, énergique et très affairée. Ils avaient trois grandes filles. Les deux aînées vivaient à la ferme et aidaient leur mère à traire les vaches. La cadette, la plus jolie, travaillait en ville et revenait quelquefois le dimanche. Il y avait aussi deux autres enfants, un garçon et une fille, plus jeunes que Jurek. Le fermier les conduisait à l'école à cheval, tous les matins.

Le lendemain, son nouveau patron l'emmena à cheval au pâturage. Le troupeau comptait plus de quinze vaches, et Jurek courait toute la journée pour les empêcher de pénétrer dans le champ voisin. Après avoir vu comment Jurek se débrouillait, le fermier le laissa seul. Mais, il revenait au moins deux fois par jour pour vérifier si tout se passait bien.

Quand une vache mit bas dans le pré, Jurek sut exactement quoi faire et, en arrivant, le fermier hocha la tête, ce qui était le plus grand compliment qu'il était capable d'adresser à quelqu'un. Il jucha le petit veau sur son cheval et le ramena à la maison, suivi par la mère qui protestait.

Jurek ne partageait pas les jeux des enfants du village et, quand on ne lui donnait pas de tâches supplémentaires, il jouait avec son chien. L'animal avait surgi un jour, on ne savait d'où. C'était un grand bâtard à la robe tachetée de noir et blanc, avec un œil qu'on aurait dit au beurre noir. Jurek lui donnait à manger et le chien dormait avec lui dans la grange. Un matin, en rentrant de la traite, une vache lui écrasa une de ses pattes antérieures.

Le chien ne pouvait plus marcher. Jozef Wapielnik alla chercher une hache pour le tuer. Jurek prit le chien dans ses bras et courut le cacher dans la grange. Il redressa la patte tordue, qu'il maintint entre deux lattes et attacha à l'aide de bandes de tissu. L'animal se tenait à peine debout. Jurek continuait à le nourrir et dormait toujours à côté de lui, la nuit. De temps en temps, il trayait un peu de lait de l'une des vaches et l'apportait au chien. Il l'appela Azor.

Les premiers jours après son accident, Azor ne bougeait pratiquement plus, mais il ne tarda pas à trottiner sur sa patte malade – dont il tentait souvent d'arracher le bandage. Jurek se mettait en colère et le remettait en place en le sermonnant. Plusieurs semaines s'écoulèrent. Quand Jurek s'aperçut que le chien pouvait s'appuyer sur sa patte, il lui ôta son attelle et massa le membre raide. Le chien pouvait désormais s'en servir, mais en boitillant.

Azor devint le meilleur ami de Jurek, qu'il suivait partout. Le fermier avait complètement oublié le chien et l'incident.

— D'où sort-il, cet animal ? demanda-t-il à Jurek un beau matin en le voyant partir au pâturage avec le chien.

— C'est celui que vous vouliez tuer, maître Jozef.

— Il boite un peu, hein ? Bon, tu peux le garder.

À partir de ce soir-là, le fermier enchaîna le chien près de la maison pour la nuit mais, au matin, il laissait Jurek le détacher. Sauf le dimanche, jour des visites, où il le laissait attaché, car il était fier d'avoir un grand chien de garde devant sa maison.

Les nouveaux patrons de Jurek ne l'invitèrent jamais chez eux. À son retour du pré, l'une des filles lui apportait son dîner, généralement une assiette de pommes de terre revenues avec du saindoux et des oignons, ou des pâtes et des légumes. Le dimanche, on lui donnait une omelette et du saucisson. Jurek avait constamment faim. Il craignait que son nouveau maître n'apprécie pas qu'il s'occupe à autre chose que garder les vaches. Mais un jour, n'y tenant plus, il tua une grosse perdrix et, après que le fermier eut fait sa tournée d'inspection, il alluma du feu et enfouit l'oiseau dans les braises. Par malheur, le fermier revint à l'improviste peu de temps après, il le surprit et le fouetta férocement.

— C'est un grand troupeau, que je ne t'y reprenne pas ou c'est immédiatement la porte.

— Oui, maître Jozef.

Pourtant, après le départ du fermier, Jurek ne se gêna pas pour savourer sa capture. Mais il se garda bien de recommencer.

Le printemps battait son plein et, par un beau dimanche, couché dans le pré, Jurek se livra à l'un de ses jeux favoris. Il ôta sa chemise, la posa sur un morceau de bois au soleil et attendit que les poux se montrent. À l'aide d'un brin d'herbe, il les forçait à se mettre en rang. Qui s'en écartait était impitoyablement écrasé.

Il posa la tête par terre et s'endormit. Azor n'était pas là puisque c'était dimanche. Une vive douleur le réveilla. Penché sur lui, Jozef Wapielnik le fouettait. Son cheval était à côté de lui. Jurek sauta sur ses pieds et vit que les vaches broutaient le champ de carottes. Il voulut aller les chasser, mais le fermier l'attrapa et lui ligota les mains avec son fouet. Il chancelait et son haleine empestait l'alcool. À deux reprises, il essaya de remonter en selle et retomba. Il finit par y arriver et rentra chez lui en traînant Jurek derrière lui. Tout ce que Jurek possédait – sa veste et son sac – était resté dans le champ.

— Maître Jozef, il faut sortir les vaches de là ! hurlait-il.

Mais le fermier ne l'écoutait pas. Il marmonnait des paroles incompréhensibles, entrecoupées d'injures. En arrivant à la ferme, il descendit de cheval, disons plutôt qu'il en tomba, et, en titubant, il libéra Jurek et se mit à le frapper avec le manche de son fouet en l'agrippant par les cheveux. Jurek hurla. Azor tirait de toutes ses forces sur sa chaîne. À la troisième tentative, il réussit à se libérer et bondit sur le fermier, qui lâcha Jurek et tomba sur le sol en essayant de se protéger des deux mains et de son fouet.

— Viens, Azor ! lui cria Jurek, craignant que le chien ne massacre son patron.

Et il se mit à courir. Azor abandonna le fermier et se lança à ses trousses.

Jurek retourna dans le pré, ramassa ses affaires et se dirigea vers la forêt.

En pénétrant dans la pénombre des arbres, il eut l'impression de revenir dans une ville dont il connaissait chaque rue, chaque ruelle. Et, cette fois, il n'était plus seul, il avait un ami.

Quand la première nuit, à son habitude, il grimpa sur un arbre pour dormir, Azor se mit à geindre. Jurek descendit et s'allongea près de lui, sur un tapis de feuilles. Il songea à Josele et à son couteau. Il avait dû s'enfuir à cause des coups, lui aussi. Jurek ne saurait jamais ce qui lui était arrivé. Il s'endormit et rêva que quelqu'un se roulait sur lui et l'étouffait. Il voulut appeler son grand frère à son secours, mais il ne parvenait pas à prononcer son nom. Il l'avait pourtant sur le bout de la langue, mais le nom refusait de sortir. Il se mit à crier, mais son frère ne reconnaissait pas sa voix et s'éloignait sans lui prêter attention. Il savait que s'il disait son nom, il se retournerait immédiatement et reviendrait sur ses pas, mais le nom avait bel et bien disparu. À son réveil, Jurek avait du mal à respirer. Couché sur sa poitrine, Azor lui léchait le visage. Jurek se redressa et lui caressa la tête, qui était toute mouillée. Jurek se lécha les lèvres. Il mourait de soif.

— Tu as trouvé de l'eau ?

Le chien remua la queue. Jurek tendit l'oreille. Entendant de l'eau couler quelque part entre les arbres, il partit à la recherche du ruisseau. Il se rappela le premier jour qu'il avait passé avec ses camarades juifs dans la forêt. Combien de temps s'était écoulé depuis ? Jurek tenta de faire le compte. Un hiver et un printemps avaient passé et on était presque à l'été suivant.

Il alla chercher des baies pour le petit déjeuner. Cette nourriture laissa Azor perplexe. S'il trouva certains fruits à son goût, d'autres le firent cracher et s'ébrouer. Jurek éclata de rire en l'enlaçant affectueusement.

— Tu veux de la viande, hein ?

Azor pencha la tête de côté comme s'il essayait de comprendre la question. Jurek tira sa fronde de sa poche et déambula entre les arbres en levant la tête. Le premier oiseau qu'il visa s'envola au dernier moment, comme s'il avait senti le danger. Mais son entraînement intensif finit par porter ses fruits. Il toucha un ramier qui tomba de l'arbre où il s'était posé et s'enfuit en voletant dans les fourrés, la queue brisée. Azor bondit et l'attrapa.

— Apporte, Azor ! ordonna Jurek, comme il le faisait pour jouer.

Azor obéit, mais l'oiseau était si petit qu'il n'y avait pas assez à manger pour tous les deux.

— C'est mieux que rien, dit-il au chien en lui offrant les entrailles et les os.

Tout en mangeant, il aperçut un autre ramier, probablement le compagnon ou la compagne du premier, et il l'abattit lui aussi. Cette fois, ils furent rassasiés.

Le lendemain, Azor s'enfonça subitement dans les fourrés et reparut pour se volatiliser de nouveau. En tendant l'oreille, Jurek perçut un drôle de bruit, on aurait dit des feuilles froissées. Il suivit le chien et découvrit un lièvre, pris au piège par une patte. Jurek délivra l'animal, qui se mit à pousser des cris stridents. Il craignait qu'il n'alerte le garde forestier, un braconnier ou pire encore. Il devait l'égorger sans tarder. Ce qu'il fit en fermant les yeux. Pour plus de sûreté, il s'éloigna bien vite et, cette fois, il attendit la tombée du soir pour faire du feu. Il découpa la bête en morceaux qu'il rôtit au-dessus des flammes. Azor dévora tout ce que laissa Jurek. Ce fut un vrai festin dont ils terminèrent les restes le lendemain.

Jurek était devenu un excellent chasseur. Il réussit à prendre un lièvre, un écureuil et, au bord d'un petit lac entouré de joncs, il toucha à la tête un canard de bonne taille qui nageait sur l'eau.

— Apporte, Azor !

Le chien plongea sans hésiter et ramena le volatile, qui leur servit de repas pendant trois jours. En revanche, il ne put se résoudre à manger le geai qu'il avait capturé, non seulement parce que la chair était trop dure mais aussi parce qu'il sentait très mauvais. Il donna pratiquement tout à Azor, qui l'avala à contrecœur.

Ils n'étaient pas seuls dans la forêt. Azor grondait d'un air menaçant pour l'avertir quand il sentait une présence humaine ou des sangliers. De jour comme de nuit, Jurek le muselait des deux mains en murmurant :

« Chuuut ! »

Et Azor obéissait. Craignant une mauvaise rencontre, homme ou animal, Jurek se cachait dans des fourrés dont il ne bougeait pas de la nuit, tenant le chien dans ses bras pour l'obliger à se taire. Parfois, Jurek s'apercevait lui-même qu'il y avait quelqu'un. Il entendait distinctement des murmures et des bruits de pas. « Ce sont peut-être des partisans », pensait-il.

Le jour où se produisit le drame, il faisait très beau. Vers midi, il entendit des voix et une cavalcade. Il n'eut pas le temps de retenir Azor et de battre en retraite qu'un grand chien déboulait devant eux, le mufle écumant, poursuivi par deux hommes armés de fusils.

— File, petit, c'est un chien enragé ! hurlèrent-ils en voyant Jurek.

Jurek se mit à courir de toutes ses forces, Azor sur ses talons. Au milieu du chemin, un large tronc d'arbre leur barrait la route. Azor le franchit d'un bond, imité par Jurek. Soudain, il ressentit une douleur fulgurante au pied. Il n'y fit pas attention. La distance entre l'animal malade et eux diminuait. Jurek s'arrêta, saisit une grosse branche et l'attendit de pied ferme. Azor montra les dents et se jeta sur le chien. Les hommes arrivèrent au pas de course.

— Écarte-toi, petit ! On va le tuer !

— Mais... protesta Jurek en s'éloignant. (On entendit deux coups de fusil.) Non ! Non ! hurla-t-il.

Les hommes tirèrent encore deux balles. Le chien enragé était mort et Azor agonisait. Hébété de douleur, Jurek serrait son chien dans ses bras. Il ne pleurait pas. L'un des hommes lui caressa la tête. Jurek se dégagea brusquement.

— Tu sais, petit, ton chien t'a sauvé la vie.

— Mais pourquoi vous l'avez tué ?

— Tu ne comprends pas. Il fallait le faire. Quand un homme ou un chien se font mordre par un animal enragé, ils deviennent fous à leur tour et souffrent terriblement avant de mourir. Tu comprends maintenant ? Regarde, ton chien a des morsures partout.

Jurek hocha la tête.

— D'où viens-tu ?

— Du village, répondit Jurek avec un geste vague de la main.

— De là ? (Ils regardaient l'endroit qu'ils désignaient.) Il n'y a pas de village là-bas. Tu dois te tromper, tu veux dire par-là, rectifièrent-ils en montrant une autre direction.

Jurek opina.

Penchés sur lui, les deux hommes délibérèrent. Ils décidèrent de brûler les dépouilles. L'un ramassa des aiguilles de pin et des brindilles, tandis que l'autre allait chercher des branchages secs. Quand Jurek se leva pour les aider, il ne put poser le pied par terre.

— Qu'est-ce que tu as ?

Jurek se rassit pour examiner son talon.

— J'ai marché sur quelque chose.

Malgré la douleur, il leur donna un coup de main. Les deux hommes semblaient aux aguets.

— Tu pourrais rester ici pour surveiller le feu ? Tiens, voilà dix zlotys pour toi. On doit y aller. Si un animal mange les carcasses avant qu'elles aient brûlé, la rage se propagera. Tu comprends ?

Jurek avait compris. Il empocha l'argent.

— D'accord.

Il s'accroupit pour veiller à ce que le feu ne s'éteigne pas. La fumée lui piquait les yeux et il avait le visage baigné de larmes.

Quelqu'un était debout devant lui. Jurek leva la tête. L'homme leva la main pour le gifler mais, voyant ce qu'il était en train de faire, il suspendit son geste. C'était un garde forestier que Jurek ne connaissait pas.

— Qu'est-ce que tu fabriques ici ?

Jurek lui raconta l'histoire.

— Deux hommes avec des fusils ?

— Oui.

— Ce n'étaient pas des Allemands ? Ni des policiers ?

— Non.

Le garde forestier hocha pensivement la tête.

— D'où viens-tu ?

Jurek montra la bonne direction.

— Rentre chez toi. Tu risques de mettre le feu à la forêt. Je vais m'occuper de ça.

Cette nuit-là, Jurek dormit dans un arbre après s'être attaché à une branche avec la corde qui lui servait de ceinture. Il rêva d'Azor. Le chien, qui avait appris à grimper aux arbres et dormait à côté de lui. Soudain, Azor se transforma en David, son grand frère avec qui il partageait son lit. Dans son sommeil, David le bourrait de coups. Il se réveilla. Le jour s'était levé, mais la forêt était encore plongée dans l'obscurité. Son pied l'élançait. Le soir, il ne pouvait plus marcher. Deux jours plus tard, le talon avait enflé et était devenu tout jaune et purulent. Il ne pouvait pas le percer comme un abcès et il redoutait de l'inciser avec le canif de Josele. Il avait besoin d'aide. Il coupa une branche et, s'appuyant sur cette canne improvisée, il boitilla dans la direction indiquée par les deux inconnus armés. Se rappelant les conseils de la belle femme, il se dirigea vers l'église et frappa à la porte du presbytère. Un vieux curé lui ouvrit. Jurek le salua et, quand le prêtre lui effleura la tête, Jurek lui baisa la main, comme c'était la coutume à la campagne.

— Tu n'es pas d'ici ? questionna le curé.

— Non, mon père.

— D'où viens-tu ?

— Je suis orphelin, je vais de village en village, là où je trouve du travail.

— Que puis-je faire pour toi, mon fils ?

Jurek lui montra son pied. En voyant le talon enflé, le prêtre le fit entrer. Il ouvrit une armoire, en sortit un rasoir avec lequel il gratta la corne qu'il avait sous le pied et, après avoir extrait le pus, il en retira une grosse épine. Finalement, il enduisit la plaie avec de la pommade et la recouvrit d'un pansement.

— Marta ! appela-t-il, apporte du pain et du lait, nous avons un jeune invité !

Une femme d'un certain âge plaça sur la table deux épaisses tartines de saindoux, posées sur une assiette, et un grand verre de lait. Jurek tendit la main quand il se rappela qu'il fallait se signer d'abord. Il avait beaucoup de mal à manger poliment, sans précipitation.

Le curé le regardait en hochant de temps en temps la tête et en souriant.

— Quel âge as-tu ?

— J'ai neuf ans, peut-être.

Le prêtre lui posa les questions habituelles, auxquelles Jurek répondit sans se faire prier.

— Vous croyez que je peux trouver du travail ici ? demanda-t-il quand il eut fini de manger.

— Tu peux essayer à la grande ferme. Viens, je vais te montrer.

Ils sortirent ensemble dans la cour.

— C'est au bout du chemin, dit-il en lui indiquant la direction. Reviens me voir si tu restes ici.

— Oui, mon père.

Le prêtre le bénit et Jurek s'en alla en clopinant sur sa canne. Des enfants jouaient au football avec un ballon de chiffon. Sans son pied malade, il se serait volontiers joint à eux. Ils s'arrêtèrent pour le regarder passer. En s'approchant, il put entendre ce qu'ils disaient.

— Tu vois le blond, là-bas. Je le connais. Il jouait souvent avec nous quand j'étais chez mon oncle et ma tante. (Puis le garçon ajouta quelque chose à voix basse.)

— Impossible, répondit son camarade. Je l'ai vu sortir de chez le curé.

— Mais si, c'est vrai, insista l'autre.

Jurek continua à marcher sans presser le pas. En arrivant dans les champs, il accéléra en s'aidant de sa canne. De temps en temps, il tournait la tête, mais personne ne le suivait.

C'était la première fois qu'on ne l'appelait pas « le rouquin ». Il était devenu « le blond ». Ses cheveux avaient éclairci au soleil sans qu'il s'en doute.

10

Tu fumes ?
Le marécage.

Comprenant qu'il était connu dans la région, Jurek décida de traverser la Vistule et d'aller voir ailleurs. Une fois son pied guéri, il quitta la forêt et se mit en route. Une charrette transportant des sacs de blé le dépassa. Un fermier et sa femme la conduisaient. Jurek les salua et leur demanda s'ils allaient vers le fleuve.

— Oui, on va au moulin.

— Je peux venir avec vous ?

La femme l'examina puis elle dit quelque chose à son mari.

— D'accord, répondit le fermier. Monte.

Jurek grimpa dans la voiture et s'étendit sur les sacs qui chauffaient au soleil. Il s'endormit, bercé par la carriole qui avançait pesamment en cahotant sur les pierres du chemin. Il se réveilla quand la voiture s'arrêta. Il ouvrit les yeux. Il ne se trouvait pas dans la cour d'un moulin, au bord de la Vistule, mais dans celle d'une belle et grande bâtisse en bois sculpté. La maison et ses dépendances étaient entourées d'une clôture métallique, hérissée de barbelés. Il n'en avait jamais vu de semblable autour d'une ferme. Il fut aussitôt sur le qui-vive, mais il était trop tard. Il se redressa et aperçut derrière lui un portail verrouillé et un poste de garde allemand.

Il était à la Gestapo.

Le fermier l'empoigna et le conduisit à l'intérieur. Le garde à l'entrée referma la porte derrière eux. Le fermier lâcha Jurek et entra dans un bureau. Le soldat désigna la cuisine et lui ordonna en allemand d'y entrer. Une Polonaise s'y trouvait. Elle le fit asseoir en silence et lui apporta un grand bol de viande accompagnée de riz. Il se signa et se mit à dévorer voracement, jusqu'à la dernière miette, en soupirant de satisfaction.

— C'était une double ration ! s'esclaffa la femme en débarrassant.

Jurek se leva et regarda par la fenêtre. La ville était tout près.

— Dites, madame, est-ce qu'il y a un chemin qui va à la forêt ?

— Tu vois cette baraque ? dit-elle en désignant un édifice en bois. Le chemin est juste derrière.

Il examina le couloir pour voir s'il pouvait s'enfuir par là, mais le soldat, assis près de la porte, l'aperçut. Il le prit par le bras, lui fit descendre l'escalier et l'enferma à la cave. Il avait de l'eau jusqu'aux chevilles. Il s'assit sur une caisse à moitié défoncée. Beaucoup plus tard, le soldat reparut et lui fit signe de sortir. Il le conduisit à l'étage et frappa à une porte. La réponse fusa en allemand :

« Entrez ! »

Le soldat l'introduisit, salua et sortit.

Jurek se retrouva dans une grande pièce où un jeune officier, blond et très beau, était assis derrière une longue table. Il portait plusieurs insignes sur son uniforme, et sur sa casquette, posée sur le bureau sous l'aigle allemand frappé de la croix gammée, il y avait une tête de mort. Un grand portrait de Hitler était accroché au mur, derrière lui. L'air ennuyé, l'officier fixa l'enfant dépenaillé et pieds nus, debout devant lui. Il se leva et s'approcha de lui.

— Comment t'appelles-tu ? lui demanda-t-il dans un mauvais polonais avec un accent étranger.

— Jurek Staniak.

— Tu es juif ?

— Non.

L'Allemand le gifla.

— Où habites-tu ?

— Là où je trouve du travail.

— Où sont tes parents ?

— Ils ont été tués au début de la guerre.

— Comment ?

Jurek le lui raconta.

— Et depuis tu vagabondes ?

— Non. Au départ, des gens m'ont emmené chez eux. Mais le fermier était toujours soûl et il me battait. Alors je suis parti. Je travaille dans des fermes. Quand on ne me frappe pas, je reste.

— Quel âge as-tu ?

— Neuf ans, je crois.

— Quand as-tu été frappé pour la dernière fois ?

— Par vous, maintenant.

L'Allemand éclata de rire.

— Je ne voulais pas parler d'une gifle.

— Il y a un mois, je pense.

— Pourquoi ?

— Parce que les vaches avaient brouté les carottes.

— Et alors tu t'es enfui ?

— Oui, dans la forêt, avec mon chien.

— Tu avais un chien ?

— Oui.

— Où est-il ?

— Des fermiers l'ont tué avec un autre qui était enragé.

Jurek renifla.

— Comment ça ?

— Ils lui ont tiré dessus.

— Ils lui ont tiré dessus ? (L'officier haussa les sourcils.) Où était-ce exactement ?

Jurek haussa les épaules.

— Je ne sais pas. Quelque part dans la forêt.

— Tu es juif ?

— Non.

— Tu sais faire le signe de croix ?

Jurek s'exécuta.

— Tu sais prier ?

Jurek récita les prières qu'il connaissait.

— Bon, je ne te crois pas. Déshabille-toi.

Jurek obéit et se mit tout nu devant l'homme, les mains sur son sexe. L'Allemand lui donna un coup de règle sur les doigts et les écarta de force.

— Et ça, c'est quoi ?

— Je me suis blessé là quand j'étais petit, alors on m'a opéré.

— Non, c'est le signe que tu es juif.

Il le gifla violemment.

— Je ne suis pas juif, s'entêta Jurek.

— Bien, rhabille-toi.

Jurek se rhabilla.

— Tu es intelligent, dommage que tu sois juif. Viens.

L'officier le poussa vers la porte et l'emmena dans la cour où il se mit à faire les cent pas, Jurek à ses côtés. Il prit une cigarette dans un étui doré qu'il tendit à Jurek.

— Tu fumes ?

— Non.

L'Allemand alluma sa cigarette. Il ne parlait plus. Ils continuèrent leur va-et-vient. L'Allemand lui soufflait parfois la fumée en pleine figure. Jurek s'aperçut que sa main droite glissait insensiblement vers l'étui de son pistolet. Il s'élança et courut comme une flèche vers l'arrière du baraquement, mais il comprit que la cuisinière avait mal interprété sa question. Il y avait bien un sentier qui menait à la forêt, mais elle avait omis de mentionner la clôture qui entourait la maison et barrait le passage. Sans ralentir, il prit son élan, escalada la clôture avec l'agilité d'une bête sauvage et parvint aux barbelés qui en garnissaient le sommet. C'est à ce moment-là que l'Allemand tira par deux fois. La première balle lui siffla à l'oreille. La seconde lui égratigna l'épaule. Il sauta par-dessus les barbelés, atterrit de l'autre côté et reprit sa course. Trois autres coups de feu retentirent encore dans son dos. Un peu plus tard, il entendit le grondement d'une moto et des aboiements de chiens. En tournant la tête, il vit effectivement une moto lancée à toute vitesse à travers champs, mais aussi deux Allemands à cheval qui se rapprochaient dangereusement avec leurs chiens. Il s'enfonça dans la forêt en courant aussi vite que le lui permettaient ses longues jambes. Brusquement, il sentit l'odeur des marais. Il se rappela les conseils de son père et se rua dans cette direction. Ses pieds s'enfonçaient, mais il ne s'arrêta que lorsqu'il ne lui fut plus possible d'avancer. Il saisit une branche qui se trouvait à sa portée et s'allongea sur la terre boueuse, au milieu des plantes. Il s'enfonça peu à peu dans la boue avec la végétation sur laquelle il était couché. Seules sa tête et ses mains, fermement agrippées à la branche, émergeaient du marécage.

Les chiens arrivèrent les premiers, mais ils sautèrent par-dessus la tourbière et prirent une autre direction. Les deux chevaux les suivaient. Jurek ne voyait pas ce qui se passait mais, d'après les clameurs et les jurons, il comprit que les soldats avaient le plus grand mal à dégager leurs bêtes du bourbier. Pendant un long moment encore, il les entendit crier pour rappeler leurs chiens.

Il tira sur la branche pour s'extraire de la vase. Il s'affola quand elle craqua. Il persévéra prudemment, centimètre après centimètre. Puis il se mit à ramper sur le ventre en se cramponnant aux plantes.

11

Les tickets de rationnement. L'engrenage.

Jurek passa plusieurs semaines dans la forêt. Un jour, il se glissa dans une ferme dans l'espoir d'y voler du fromage et peut-être aussi une poule. Le fermier, qui sortait justement des W.-C., l'attrapa d'une main en reboutonnant son pantalon de l'autre.

— Qu'est-ce que tu fais ici ?

— Je cherche du travail, répondit Jurek sans se démonter.

— Parfait. Mon aîné est parti en ville et les deux derniers sont trop jeunes, j'ai besoin d'un berger pour garder les vaches.

L'homme plaisait à Jurek, de même que la fermière, une femme grassouillette et rieuse. Quelques jours plus tard, son nouveau patron lui demanda de l'accompagner chez le maire du village.

— Les temps sont durs, commenta-t-il, les Allemands nous prennent tout. Mais ils tiennent compte du nombre de bouches à nourrir par foyer. Et tu en as une, de bouche, n'est-ce pas ? pouffa-t-il.

— On prend la charrette ? s'étonna Jurek.

— Oui, parce qu'après, il faut le tampon des autorités sur l'attestation.

Jurek grimpa en voiture, ils s'arrêtèrent chez le maire et se remirent en route. Jurek se coucha sur la paille qui tapissait le fond de la carriole et s'endormit. Il se réveilla lorsque le fermier arrêta le cheval. Jurek se redressa. Il crut d'abord qu'il faisait un cauchemar où la même histoire se répétait. Il ignorait que c'était la Gestapo qui délivrait le fameux tampon. Le jeune et bel officier se trouvait dans la cour. En voyant Jurek, il alla à sa rencontre, un large sourire aux lèvres et l'empoigna au collet pour le faire descendre.

— Tu es revenu, hein ? Je sais que tu es juif. Je voulais te tuer, mais j'ai changé d'avis. Tu es intelligent, et tu me plais.

Le fermier, ahuri, se rasséréna en recevant la récompense qu'il avait gagnée pour avoir livré un enfant juif, et il s'en alla. L'officier remit Jurek à l'un des soldats. L'homme le déshabilla, lui rasa la tête, il le baigna et lui donna des vêtements propres et des chaussures.

— On n'a pas de souliers à ta taille. Tu n'as qu'à y mettre des chiffons.

— Rendez-moi ce qu'il y avait dans mes poches.

Le soldat lui restitua sa fronde et la loupe de Marisha, mais pas le canif.

— Où est mon couteau ?

— C'est l'officier qui l'a.

Le soldat le conduisit dans une petite pièce, meublée d'une table, d'une chaise et d'une grande fenêtre donnant sur la forêt. C'était la première fois de sa vie que Jurek avait une chambre à lui. La maison avait trois étages et des caves dont l'une ne lui était pas inconnue. La nuit, des cris et des plaintes s'en échappaient et il se réveillait alors souvent en sursaut. Au matin, le calme revenait, mis à part une charrette qui entrait dans la cour et en ressortait bâchée.

Jurek était au service de l'officier. Il brossait ses uniformes et astiquait ses bottes. Au début, l'Allemand était mécontent. Il lui expliqua que les bottes devaient briller comme un miroir dans lequel on pouvait se regarder. Jurek devint vite expert en la matière car son maître le giflait pour chaque grain de poussière qu'il décelait sur ses bottes. Lorsqu'il n'avait rien à faire, il allait voir la Polonaise à la cuisine. Il mangeait et grossissait.

— Alors tu es juif ? lui demanda-t-elle un jour.

— Non, ce n'est pas vrai.

— Si c'est vrai, l'officier me l'a dit.

Jurek garda le silence.

— Bon, il n'y a pas de quoi avoir honte. Les juifs sont des hommes, eux aussi.

Et pour le lui prouver, elle sortit d'un placard une grande tablette de chocolat qu'elle lui offrit.

On était au cœur de l'été quand, un beau matin, l'officier appela Jurek.

— Mets tes chaussures et arrive.

Quand il revint, l'officier le fit monter dans son side-car, avec son chien, et ils se mirent en route. « Où est-ce qu'il m'emmène ? » se demandait Jurek avec appréhension. L'Allemand remarqua qu'il avait peur et sourit sans mot dire. Ils roulèrent un certain temps sur la route avant d'emprunter un chemin à travers champs qui débouchait sur une grande ferme.

— Ce village s'appelle Kromnow, signala l'Allemand en arrivant dans la cour. Tu vas travailler chez une de mes amies. Tout ira bien si tu fais ce qu'on te dit. Tiens, ton canif.

— Merci, dit Jurek en allemand.

L'officier descendit de moto. Les manches retroussées et des bottes aux pieds, une jeune femme vint l'accueillir.

— Voici Frau Herman, annonça-t-il en allemand. La jolie femme de Meister Herman, ajouta-t-il avec un clin d'œil que Jurek ne comprit pas.

Le jeune officier se tourna vers la femme.

— Je t'amène un nouveau. Il est sensationnel. Regarde comme il cire mes bottes. Il leva un pied pour que Mme Herman puisse s'y mirer.

Elle considéra Jurek.

— Surveille le chien, ordonna l'officier tandis qu'il s'éloignait avec la femme en éclatant d'un rire joyeux.

Jurek resta chez Mme Herman. Il apprit que c'était une Polonaise d'origine allemande. Mariée à un Allemand qui était au front, elle dirigeait seule l'exploitation. L'officier de la Gestapo lui fournissait des ouvriers et des ouvrières, des criminels ou des gens insolvables. Jurek apprit très vite qu'il devait travailler dur. Si quelqu'un se laissait aller, Mme Herman allait se plaindre à la Gestapo et, le lendemain, des soldats venaient le rouer de coups. Jurek obéissait au doigt et à l'œil à sa patronne. Il ne négligeait rien et ne se relâchait jamais dans son travail.

L'officier venait souvent à la ferme, et avisant Jurek dans la cour, il l'appelait, l'installait avec son chien dans le side-car et lui ordonnait de surveiller l'animal jusqu'à son retour.

— Je peux jouer avec lui ? lui demanda un jour Jurek en allemand.

— Tu sais l'allemand ?

— Un peu.

— J'avais oublié que tu avais eu un chien. Jette-lui un bâton, il te le rapportera. Crache avant de le lancer et n'oublie pas de le féliciter quand il te le ramènera. Tu sais dire « Bon chien » en allemand ?

Jurek s'exécuta.

— C'est très bien.

Azor lui manquait terriblement.

C'était la saison du battage. Mme Herman possédait une grande exploitation mécanisée. Le battage s'effectuait au moyen d'une machine dotée d'énormes roues de bois qu'entraînait une autre machine, un engrenage constitué de roues dentées évoluant autour d'un axe et actionné par deux chevaux qui tournaient en rond. Une large courroie de cuir reliait la roue motrice de l'engrenage à celle de la batteuse dans laquelle se déversaient les grains de blé, pareils à des pépites d'or pur.

Armé d'un long fouet, Jurek guidait les chevaux. Il était très fier de cette tâche. Le deuxième jour, il n'avait pratiquement plus besoin de son fouet, mais il s'en servait de temps en temps pour affermir sa position, et les claquements du fouet résonnaient comme des coups de feu. Jour après jour, pendant des heures, il tournait en rond sur l'aire de battage avec ses chevaux. Durant la pause, il leur passait un sac d'avoine autour du cou et s'en allait déjeuner avec les autres ouvriers.

L'avant-dernier jour du battage, un peu avant le déjeuner, il entendit des cris derrière lui. Il sursauta sans comprendre ce qu'on disait, et le fouet qui traînait par terre fut happé par les roues dentées et aspiré dans la machine avec sa main.

— Arrêtez les chevaux !

Quelqu'un se précipita pour les retenir. Jurek éprouva une douleur atroce. On l'aida à dégager son bras de la machine. Il parvint à rentrer sa main broyée dans sa manche, il se recroquevilla sur lui-même et s'évanouit. De temps à autre, quand la souffrance le réveillait, il s'efforçait de comprendre ce qui lui arrivait. Mme Herman était assise à côté de lui dans une charrette qui roulait à toute allure. Elle faisait de son mieux pour préserver sa main blessée des cahots. Des taches azur trouaient parfois le noir, et il apercevait de légers nuages accrochés dans le ciel avant de replonger dans l'obscurité.

On le transporta à l'hôpital de Nowy Dwor, une bourgade située sur la rive droite de la Vistule. On le déposa sur un lit où deux infirmières le lavèrent. Mme Herman alla payer les frais d'hospitalisation et, à son retour, elle le retrouva sur la table d'opération. Un jeune médecin entra. Il examina la main et l'enfant.

— Je ne l'opère pas, ce gosse.

— Pourquoi ? demanda Mme Herman, sidérée.

— Parce qu'il est juif.

— Il n'est pas juif ! C'est la Gestapo qui me l'a confié et je suis responsable de lui. Vous devez l'opérer tout de suite !

— Il est juif, répéta le chirurgien.

— Vous ne savez pas ce que vous dites. Je l'ai payé cent cinquante-sept marks et vingt-cinq pfennigs !

Elle fit un scandale, elle tempêta, pleura, menaça le médecin qu'il aurait affaire à la Gestapo s'il arrivait quelque chose à l'enfant et elle s'en alla.

Le chirurgien persista dans son refus. Il ordonna d'installer Jurek sur un brancard et de le laisser dans le couloir.

Jurek était en état de choc. Lors des rares instants où il était conscient, il avait l'impression d'être dissocié de son corps, de la douleur. Et lorsqu'il refaisait un avec lui-même, il perdait connaissance. Souvent, en ouvrant les yeux, il ne savait plus où il était. Ses lèvres remuaient, mais il n'avait plus de voix.

En arrivant le lendemain matin, le Dr Zurawski, un chirurgien plus âgé, trouva Jurek dans le couloir.

— Mais qu'a-t-on fait à cet enfant ! On aurait pu sauver sa main !

On emmena Jurek en salle d'opération, on l'endormit et on lui amputa le bras jusqu'au coude à cause de la gangrène. À son réveil, en levant le bras pour se frotter les yeux, il vit un moignon enveloppé dans un pansement. Il éclata en sanglots. Quand il ferma les yeux, son bras était redevenu intact, de l'épaule jusqu'au bout des doigts, et il sentait distinctement l'extrémité du fouet dans sa main.

Les premiers jours suivant l'opération, Jurek pleura toutes les larmes de son corps. Les infirmières lui donnaient à manger et lui faisaient sa toilette. Vêtu d'une longue blouse d'hôpital, il s'agenouillait au pied du lit durant des heures pour prier la Sainte Vierge et Jésus. Le matin, en se levant, il lui arrivait souvent de perdre l'équilibre car il essayait encore de se servir de son moignon. Chaque fois qu'il tentait machinalement de faire un geste, la réalité irrévocable le terrassait.

Un jour, il fut réveillé par une sœur infirmière qui, penchée sur lui, l'appelait par son nom.

— Allez, Jurek, assieds-toi. Je suis venue t'aider.

Elle l'emmena à la salle de bains et lui apprit à se laver la main et le visage. Ensuite, elle lui montra comment se signer de la main gauche et tenir sa cuillère.

Elle revenait chaque jour.

— Tu peux presque tout faire d'une seule main, affirma-t-elle.

— Vous êtes sûre, ma sœur ?

— Mais oui. C'est une affaire de temps et de patience.

Il sentit une étincelle d'espoir renaître dans son cœur.

La deuxième semaine de son séjour, Jurek s'en alla rôder dans les couloirs et les salles de l'hôpital et s'aventura dans les autres services où lui souriaient des gens à qui il rendit leurs sourires au bout de quelque temps.

Deux fois par semaine, un employé de Mme Herman venait lui apporter un colis plein de bonnes choses : des œufs durs, de la viande, des gâteaux. Elle se déplaça elle-même à deux ou trois reprises. Elle ne le trouvait jamais dans son lit. Il s'était lié d'amitié avec plusieurs patients dont la plupart le connaissaient de vue et plaisantaient avec lui quand ils le voyaient. Un homme lui apprit à jouer aux dames et il allait souvent disputer des parties dans sa chambre. Mme Herman rit beaucoup en le découvrant là.

Un jour qu'il passait devant la maternité, il glissa un œil à l'intérieur et aperçut quelqu'un qu'il connaissait. Après un moment de réflexion, il se rappela le couple de fermiers qui l'avaient fait monter sur leur charrette et l'avaient emmené à la Gestapo. La femme l'avait reconnu elle aussi. Et en l'espace de quelques jours, les gens changèrent d'attitude à son égard. Certains détournaient maintenant les yeux à son passage. Le colis qu'on lui avait apporté disparut avant qu'il ait eu le temps de l'ouvrir.

Son ami continua pourtant à jouer aux dames avec lui.

— Pourquoi vous a-t-on coupé la jambe ? lui demanda Jurek un jour.

— À cause du diabète. Et toi ?

— C'est la faute d'un chirurgien stupide.

— Ah oui, je sais. Il n'a pas voulu t'opérer parce que tu es juif.

— Je ne suis pas juif.

L'autre ne discuta pas.

— Jurek, la Gestapo va venir te chercher. Tu devrais aller voir le Dr Zurawski.

Jurek suivit son conseil et se rendit au bureau du chirurgien.

— Bonjour, Jurek, comment va ta main ?

— Celle que je n'ai plus, je ne sais pas. Mais l'autre, ça va.

Le docteur sourit.

— Que puis-je faire pour toi ?

— Laissez-moi partir, s'il vous plaît, monsieur.

— Impossible.

— Pourquoi ?

— Je vais te dire la vérité. La Gestapo m'a téléphoné. Ils m'ont dit de te garder jusqu'à ce qu'ils viennent te chercher.

Jurek réfléchit au moyen de s'enfuir. Il s'aperçut bien vite que la porte était gardée et, quand il demanda ses habits à l'infirmière, elle lui répondit qu'elle ne les avait pas.

— On les a brûlés à cause des poux.

Il attendit la visite du fermier avec impatience. Il arriva enfin avec le colis et le bonjour de Mme Herman.

— Emmenez-moi avec vous, lui demanda Jurek.

— Tu as déjà le droit de sortir ?

— Il faut que je m'en aille.

— Je vais demander au docteur.

— Je ne peux pas le laisser partir, répondit le Dr Zurawski. J'ai ordre de la Gestapo de le garder jusqu'à ce qu'ils viennent le chercher.

— Docteur, on raconte qu'il est juif, dit le fermier. J'ai du mal à le croire parce que c'est la Gestapo qui nous l'a confié. Mais en admettant qu'il le soit, il n'a pas intérêt à retourner là-bas avec un bras en moins.

Le médecin se frotta le front.

— Médicalement parlant, il peut sortir.

— Alors, je peux l'emmener ?

— Non. Mais il y a une grande fenêtre dans les toilettes de l'étage au-dessus. Elle donne sur l'arrière de l'hôpital. Notez que je ne vous ai rien dit.

Jurek et son compagnon sortirent dans le couloir.

— Allez m'attendre dehors, sous la fenêtre, le pria Jurek.

— Comment vas-tu descendre ?

— Je connais un moyen.

L'homme partit. Jurek prit l'escalier, il entra dans les toilettes, où il y avait effectivement une grande fenêtre. Il l'ouvrit et jeta un coup d'œil dehors. Le fermier, qui inspectait les fenêtres, finit par le repérer. Il s'approcha et attendit au-dessous. Jurek grimpa sur le rebord de la fenêtre.

— Rattrapez-moi ! cria-t-il.

Et il sauta.

Le fermier le récupéra. Tous deux roulèrent par terre. L'homme se releva, le prit dans ses bras et s'enfuit à toutes jambes.

Nowy Dwor se trouvait au bord de la Narew, là où elle se jette dans la Vistule. Le fermier installa Jurek dans sa barque. Il la détacha et se mit à ramer. Ils avançaient rapidement grâce au courant. C'était une nouvelle expérience pour Jurek. Le paysan lui proposa de tenir le gouvernail.

— Moi ?

— C'est facile.

Jurek s'exécuta.

— Je te dirai quand il faut aller à gauche, à droite ou tout droit. Tu sais où est ta droite et ta gauche ?

L'homme regretta aussitôt sa question, mais Jurek lui répondit en souriant :

— Bien sûr, et c'est même plus facile maintenant.

Jurek apprit rapidement à maîtriser et à diriger l'embarcation. Il regardait avec curiosité les barques et les remorqueurs qu'ils croisaient.

— Tu saignes, s'inquiéta le fermier.

— J'ai fait une mauvaise chute tout à l'heure.

— Ça te fait mal ?

— Non.

— Madame va te soigner, ne t'en fais pas, le rassura l'homme.

Mme Herman s'alarma en voyant sa blouse maculée de sang, mais se rassura après avoir changé son pansement. Elle ne le laissa pas dormir dans l'étable, elle lui donna une petite chambre, dans la maison.

— J'aurais bien voulu que tu restes chez moi pour garder les vaches, lui dit-elle le lendemain, mais quand mon ami apprendra que tu t'es sauvé de l'hôpital, il viendra immédiatement te chercher ici. Et maintenant que tu es infirme, je me demande ce qu'il fera de toi.

Elle ordonna à sa couturière de confectionner une chemise et une veste avec une manche plus courte, détail qui blessa Jurek. Elle l'aida à s'habiller, puis elle lui apporta des chaussettes et des souliers.

— Je me suis procurée des chaussures à ta pointure.

C'était la première fois que Jurek avait des chaussures à sa taille. Elle le fit asseoir pour les lui lacer. Ensuite, elle lui passa une besace à l'épaule.

— Sois tranquille. J'y ai mis tout ce que j'ai trouvé dans les poches de ta vieille veste, le rassura-t-elle en devinant sa question muette. J'ai rajouté une bouteille d'eau. As-tu besoin d'autre chose ?

— Oui, une corde, des allumettes et mon bâton.

Mme Herman envoya quelqu'un lui chercher une corde, quelques boîtes d'allumettes et le bâton dont il se servait pour garder les vaches.

— Que Dieu te garde, lui souhaita-t-elle.

Jurek lui baisa la main et la quitta.

12

Avec une seule main et deux jambes. On te cherche.

Jurek avait peur de retourner dans la forêt. Comment s'y prendrait-il ? Comment grimperait-il aux arbres ? Comment parviendrait-il à chasser avec sa fronde ? Il pourrait toujours subsister quelque temps de baies et de champignons. Mais il pouvait aussi faire paître les vaches et gagner honnêtement sa vie, à condition que son handicap ne dérange pas son éventuel employeur.

Quand il se fut éloigné de la ferme, il ôta ses chaussures et les glissa dans son sac. Il préférait les économiser car il savait qu'il en aurait besoin l'hiver prochain, s'il avait réussi à rester en liberté jusque-là.

Les champs fauchés blondissaient au soleil en ce début d'automne. Il apercevait la ligne verte de la forêt dans le lointain. Des champs en friche étaient couverts de bruyère pourpre. Il marchait sur un sentier en récitant mentalement une prière dont les paroles n'étaient pas celles qu'il avait apprises chez la belle femme. Il se contentait de demander l'aide de Dieu en répétant toujours les mêmes mots : « Mon Dieu, mon Dieu, mon Dieu... »

Quand il était petit, il était juif. Il ne l'avait pas oublié. Dès son plus jeune âge, il savait que Dieu existait. Son père et son grand frère priaient chaque matin après avoir attaché une boîte noire sur leur front et enroulé une lanière de cuir autour de leur bras[1]. Il ne se rappelait plus comment ça s'appelait. Il se souvenait aussi de son père et de son frère, la tête couverte d'un châle[2] blanc dont le bas était rayé. Ils l'emmenaient parfois avec eux à la synagogue[3]. C'est la maison du Dieu des juifs. Aujourd'hui, Dieu avait changé d'apparence. Il habitait dans de petites églises de village et avait plusieurs formes – celle de Dieu, de Jésus et de la

1. Ce sont les « phylactères », deux petites boîtes noires que les juifs s'attachent sur le front et le bras gauche à l'aide de lanières de cuir noir lors de la prière du matin, à la synagogue, et qui renferment quatre textes de la Bible en hébreu. Elles symbolisent en quelque sorte la soumission de l'homme à la parole divine.

2. Il s'agit du châle de prière, blanc généralement rayé de noir et garni de franges, dont l'homme s'enveloppe pour la prière du matin ainsi que pour Yom Kippour, ou le « grand pardon », jour de jeûne où les juifs manifestent leur repentir et font expiation en implorant le pardon divin pour toutes les fautes commises au cours de l'année écoulée.

3. La synagogue est essentiellement un lieu de prière et d'enseignement pour les juifs.

Sainte Vierge. Il toucha la croix et la médaille suspendues à son cou. Comment avaient-ils pu laisser le jeune chirurgien l'abandonner dans le couloir sans lui sauver la main ?

Au bord du chemin menant à la forêt, Jurek vit un mur bas et un portail surmonté d'une grande croix. Il s'avança et jeta un coup d'œil à l'intérieur. C'était un cimetière émaillé de croix de toutes sortes. Il poussa la porte et entra. En dehors des tombes habituelles, il y avait quelques monuments isolés, pareils à de petites maisons. C'étaient des caveaux où étaient enterrés des seigneurs, propriétaires de domaines. Il s'approcha de l'un d'entre eux et ouvrit le portillon métallique qui grinça et s'entrebâilla à peine. À la seconde tentative, il réussit à se glisser à l'intérieur. Il découvrit deux bancs de pierre, de chaque côté. Un vieux cercueil en métal gris ouvragé était posé sur l'un d'eux. Au centre, il y avait une grande fosse rectangulaire fraîchement creusée, jonchée de débris de stèles. Il ne réussit pas à ouvrir le couvercle du cercueil. Il ressortit et dénicha une bêche sans manche. Après plusieurs essais infructueux, il réussit à soulever le couvercle. Sa peur de trouver un cadavre était tempérée par l'espoir de découvrir un trésor, qui sait ? Mais le cercueil était vide. Ou presque. Il ne contenait que quelques os qu'il jeta dans la fosse. Ensuite, il entra dans le cercueil et s'allongea à l'intérieur. Il y avait largement la place pour un enfant de son âge. Il décida d'en faire sa maison. Il ressortit et découvrit un puits de l'autre côté du cimetière. « Au moins, je ne mourrai pas de soif », se dit-il.

Le lendemain, il laissa son sac dans le cercueil et partit de bon matin pour ne pas risquer de rencontrer quelqu'un. Il passa la journée dans la forêt et ne rentra dormir qu'à la tombée de la nuit. Une fois ses réserves de nourriture épuisées, il s'en alla chercher des légumes dans les villages alentour. Il trouva un champ de choux-raves et se pencha pour en arracher quelques-uns. Brusquement, il entendit quelqu'un crier. Il leva la tête et vit un homme qui se précipitait dans sa direction. Jurek prit ses jambes à son cou et constata qu'il ne pouvait plus courir ni sauter les obstacles comme avant. Il avait perdu le sens de l'équilibre en même temps que sa main. Il réussit à s'enfuir, mais il décida de s'entraîner à courir et à sauter sans relâche. Et quand il tenta de lancer des pierres de la main gauche, le résultat fut si lamentable qu'il y renonça aussitôt.

La saison des pluies arriva. Les arbres perdaient leurs feuilles. Les baies avaient disparu. Il vit des sangliers manger des glands et des châtaignes tombés sur le sol. Il y goûta après les avoir grillés. C'était très mauvais. Désormais, il vivait surtout de légumes abandonnés ici et là dans les potagers et de pommes de terre oubliées après la récolte, qu'il mangeait crues quand il pleuvait et qu'il ne pouvait allumer de feu.

Jouer avec une ficelle était son occupation favorite. D'une main, en s'aidant de la bouche et des pieds, il faisait des nœuds qu'il dénouait ensuite de la même façon. Un jour, il décida de grimper à un arbre avec une corde. Il l'accrocha à une branche, noua les deux bouts autour de son bras et se hissa au sommet. Il lâcha prise, mais il se rattrapa à une branche et sauta à terre. Après s'être entraîné toute la journée, il trouva un moyen de monter sans risque. « En cas de besoin, je pourrai me remettre à dormir dans les arbres », songea-t-il. Fort de ce succès, il reprit un peu confiance en lui, certain de pouvoir refaire pratiquement les mêmes choses qu'avant, à condition d'oser essayer, d'imaginer la bonne méthode et de s'armer de patience, comme le lui avait conseillé la sœur infirmière. Jusqu'au jour où il irait se mettre en quête d'un travail.

Il tira de son sac les souliers que lui avait donnés Mme Herman et les chaussa. Le problème était de les lacer. Jurek essayait d'attraper un bout du cordon avec sa bouche quand il eut une idée. Il ôta le lacet et le repassa dans les œillets de sorte qu'une extrémité soit plus longue que l'autre. À présent, il pouvait tenir un bout entre ses dents et nouer le plus court. Il était très fier de sa trouvaille. Il passa son sac à l'épaule et se mit en route, le cœur gonflé d'espoir, en frappant les troncs avec son bâton et en le promenant sur les buissons, comme il le faisait le long des clôtures de son village, quand il était petit. Soudain, un chien de berger surgit devant lui, il le renversa par terre et se coucha sur lui, les pattes de devant posées sur sa poitrine, en haletant avec sa gueule ouverte remplie d'énormes crocs et la langue pendante. Jurek remua. Le chien referma sa gueule et gronda d'un air menaçant. Jurek n'osait plus bouger. Un soldat allemand survint. Il appela le chien. L'animal obéit aussitôt. Son maître releva Jurek par le col de sa chemise.

— Ah, te voilà ! Tout le monde te cherche !

Tous trois cheminaient sans rien dire. Jurek marchait au milieu, encadré par le soldat et son chien. Le soldat ne le touchait pas, mais il savait qu'il n'avait aucune chance de s'enfuir. Au bout d'un moment, l'homme se mit à parler en allemand, s'adressant peut-être à Jurek, à son chien ou à lui-même.

— Si je te ramène vivant à la Gestapo, on dira que je suis un bon soldat et ça sera noté dans mon dossier. Et qu'est-ce que j'y gagnerai ? Et si je te tue et que je te ramène mort, on dira aussi que je suis un bon soldat et ça sera inscrit aussi dans mon dossier. Et qu'est-ce que j'en récolterai ? Qu'en penses-tu, Rex ?

Le chien leva la tête et fixa son maître.

Ils avaient atteint la lisière de la forêt. Le soldat s'arrêta, il s'écarta du chemin, avança de quelques pas et se baissa au milieu des taillis au-dessus d'une porte en fer rouillée, au ras du sol. Il fit basculer la porte, entra et lui cria de le suivre. Jurek regarda à l'intérieur. Il vit une échelle qu'il se mit à descendre. Le soldat appela son chien qui sauta dans ses bras. L'Allemand laissa la porte ouverte. De l'autre côté se trouvait une longue fenêtre étroite, presque entièrement masquée sous la végétation, qui ne laissait filtrer qu'une faible lumière. Des caisses en bois peintes en vert étaient alignées au-dessous. Devant, se trouvaient un banc et une chaise bancals. Des couvertures militaires et de vieux matelas étaient posés contre un mur. Un placard métallique entrouvert contenant une bouteille d'eau et quelques conserves était adossé à l'autre cloison. Au-dessus, il y avait une miche de pain sur une étagère. Jurek comprit que le soldat venait souvent dans ce repaire.

Le soldat ouvrit une boîte de conserve, coupa une épaisse tranche de pain qu'il garnit de viande et l'offrit à Jurek. Ensuite, il en préleva un peu pour la gamelle du chien. La bête ne bougea pas.

— Bon chien, mange ! dit le soldat.

Le chien obéit sur-le-champ.

L'homme prit ce qui restait dans la boîte et s'assit sur le banc à côté de Jurek. Tous trois mangèrent en silence. Le soldat termina son repas et sortit un paquet de cigarettes.

— Tu fumes ?

Jurek frissonna.

— Non.

« Il ne va pas me tuer », songea-t-il. L'homme alluma une cigarette avec un briquet qu'il tira de sa poche. En le voyant, les yeux de Jurek brillèrent de convoitise.

— Werner, annonça le soldat en se désignant du doigt.

— Jurek.

L'Allemand sortit la photo d'une femme et de deux enfants de son portefeuille.

— Ma femme et mes enfants.

Une jeune et jolie femme, un garçon et une fille, souriaient à Jurek, qui leur sourit à son tour.

Le soldat éclata de rire. Il embrassa la photo et déclara fièrement :

— Ma famille ! Où est la tienne ?

Jurek se hasarda en allemand, en fait un mélange de yiddish et de polonais.

— Nous sommes cinq, trois garçons et deux filles. Ils sont peut-être tous morts. Mon père, je l'ai vu, des soldats allemands l'ont tué dans un champ. Ma mère... je ne sais pas.

Le soldat secoua tristement la tête.

— La guerre ! dit-il en poussant un juron. Je dois capturer un petit juif blond manchot. C'est quoi un petit juif blond manchot ? Un enfant. Et moi ? Un soldat. Hein, Rex ?

Le chien leva la tête. Werner parlait toujours mais Jurek ne saisissait que quelques mots par-ci par-là : « Dieu... les hommes... comment tout cela finira-t-il ? »

En partant, l'Allemand lui dit qu'il pouvait rester dans le bunker aussi longtemps qu'il voudrait.

— Mais ne laisse pas la porte ouverte quand tu t'en vas. Je reviendrai.

Il revint effectivement quelques jours plus tard avec d'autres boîtes de conserve. Ses visites étaient irrégulières. Il restait quelquefois dormir. Ils avaient du mal à communiquer. Le charabia d'allemand et de yiddish de Jurek ne suffisait pas à soutenir une véritable conversation, et le soldat ne connaissait que quelques mots de polonais. Quand il arrivait, il lui tapait sur l'épaule ou lui caressait la tête et tirait de sa poche un bonbon, un morceau de chocolat. Jurek l'attendait avec impatience et supportait mal son absence. Les séparations étaient difficiles. Quand le soldat consultait sa montre, il savait que l'heure du départ avait sonné.

Jurek eut une idée. Sur le couvercle d'une caisse, il dessina un damier avec un morceau de charbon de bois trouvé dans la forêt. Ensuite, il ramassa des cupules de gland, il en noircit la moitié et attendit. Le soldat arriva avec son chien qui fit fête à Jurek. L'Allemand rangea les conserves qu'il avait apportées dans le placard, il posa la miche de pain sur le banc et découvrit la surprise. Il eut un large sourire et caressa la tête de Jurek. Ils se mirent à jouer après le repas. Il prenait toujours le temps de disputer au moins trois parties et, quand Jurek gagnait, tous deux sautaient de joie.

En revenant de la forêt, un jour, Jurek trouva une miche de pain et deux nouvelles boîtes de conserve, avec le briquet posé sur l'une d'entre elles. Il comprit qu'il ne reverrait plus Werner.

Une fois sa réserve de conserves terminée, Jurek quitta le bunker dans l'espoir de trouver un fermier qui accepterait de l'engager.

Dans le premier village, il tomba sur une bande d'enfants qui lancèrent leur chien après lui. Il se sauva, mais le chien était plus rapide. Il s'arrêta et lui assena un coup de bâton sur le museau, comme il avait vu faire Awrum. L'animal s'enfuit en gémissant avant de revenir à la charge avec les enfants, qui le poursuivirent en lui jetant des pierres, jusqu'aux limites du village. Après avoir longtemps marché, Jurek parvint à un village qui lui parut familier. Étonné, il regarda autour de lui. Il n'était pas sûr de lui. Soudain, il entendit crier. Un peloton de soldats allemands, qui l'avait aperçu, s'était lancé à sa poursuite. Comprenant enfin où il se trouvait, il n'hésita pas et se précipita chez la belle femme. Il frappa à la porte. Elle ouvrit et, en le voyant, elle s'effondra par terre en gémissant.

— Ils me cherchent, cachez-moi, madame, s'il vous plaît !

Elle se reprit, elle le fit entrer et écarta la trappe pratiquée dans le plancher de la cuisine pour qu'il descende à la cave. Puis elle referma l'abattant et versa de l'eau sur le sol pour effacer les traces.

Les Allemands survinrent et se mirent à fouiller partout.

— Que cherchez-vous ?

— Le petit juif blond manchot.

— Il n'y a pas d'enfant ici.

— Il est entré chez vous. On le sait. On l'a vu.

— Personne n'est venu ici.

Les soldats passèrent la maison au peigne fin et enfoncèrent le bout de leur fusil partout où un enfant aurait pu se cacher. Et aussi pour le plaisir de tout saccager. L'un d'entre eux plongea même sa baïonnette dans le panier où couvait une poule.

— Vous allez nous dire où il est ?

— Il n'y a personne chez moi.

Les Allemands fulminaient. Ils la rouèrent de coups, la traînèrent dehors et mirent le feu à la maison. Après quoi, ils incendièrent le village.

Jurek était tapi dans le noir. Il entendit les cris de la femme, des pas lourds au-dessus de sa tête, des jurons en allemand et les vociférations d'une foule de gens. La cave s'emplissait de fumée. Puis il y eut un grand fracas, comme si de lourds objets tombaient par terre. Il ignorait que les poutres de la maison s'écroulaient. Il avait du mal à respirer. Une quinte de toux lui déchira la gorge. Il avait perdu la notion du temps. Il aperçut enfin un peu de lumière au-dessus de lui.

— Jurek ? Ça va ? lui cria son amie. Tu peux remonter, ils sont partis.

Il obéit. La femme était méconnaissable. Elle n'avait plus rien à voir avec celle qui lui avait ouvert la porte quelques heures auparavant. Il avait devant lui une vieille au visage tuméfié et aux habits déchirés. Il considéra avec stupeur la maison détruite, à moitié calcinée.

— C'est à cause de moi ? balbutia-t-il entre deux accès de toux.

Elle ne répondit pas. Elle le fit sortir, puisa un peu d'eau dans une flaque et lui nettoya le visage. Puis elle se lava à son tour. Il jeta un regard alentour. Le village s'était transformé. Partout, ce n'étaient plus que maisons calcinées où des flammèches couraient encore çà et là. Beaucoup d'adultes et d'enfants s'étaient rassemblés dehors. Les villageois tiraient l'eau des puits pour éteindre les braises encore fumantes. Des femmes se lamentaient de tous côtés.

— C'est à cause de moi ? demanda-t-il, affolé, en désignant le village dévasté.

— Non. C'est peut-être à cause de toi qu'ils ont brûlé d'abord ma maison, mais il y avait trois jours qu'ils étaient là. Ils savaient qu'il y a des gens qui aident les partisans ici. Ils nous ont battus, ils ont tiré dans tous les sens, et aujourd'hui, ils sont venus brûler le village. Qu'est-ce qui t'est arrivé à la main ?

— Elle a été happée par une machine.

— Jurek, je ne peux plus rien faire pour toi. Tu dois t'en aller maintenant. Je n'ai plus de force. Tu comprends ? Je n'ai plus de force... Je n'ai même pas de provisions à te donner pour la route. Mais dirige-toi toujours vers l'est, rappelle-toi. Tu sais où est l'est ? Là où le soleil se lève le matin. Les Russes viendront de là. Jésus miséricordieux, préserve cet enfant du mal !

Elle se signa, les joues baignées de larmes.

Qui étaient les Russes ? Jurek ne lui posa pas la question.

13

Il constata que c'était un inconnu. Je peux faire n'importe quoi.

Il prit donc la direction de l'est, ne s'éloignant jamais des bourgs avoisinants la forêt de Kampinoski et sans jamais se hasarder dans un village durant la journée. Il savait qu'il était repéré et qu'on le recherchait. Le troisième jour, il en eut une preuve supplémentaire. Tandis qu'il marchait en songeant à sa bienfaitrice qui s'était subitement métamorphosée en une vieille femme vulnérable, deux Allemands à cheval surgirent en face de lui. Jurek les reconnut immédiatement. C'étaient ceux qui l'avaient poursuivi quand il avait escaladé la clôture, à la Gestapo. Il baissa son chapeau sur ses yeux et continua d'avancer en dissimulant son bras droit du mieux qu'il put. La ruse avait apparemment marché. Ils le dépassèrent sans faire attention à lui. Il tourna la tête. Ils chevauchaient toujours, leurs silhouettes diminuant au loin, là où l'horizon se confondait avec les nuages.

Jurek accéléra en se retournant de temps en temps. Soudain, il les vit s'arrêter et rebrousser chemin à toute vitesse. Il quitta la route et courut à perdre haleine vers la forêt. Arrivé sous le couvert des arbres, il aperçut une charrette avec un chargement de bois qui venait à sa rencontre, conduite par Werner, le soldat allemand du bunker. Jurek sauta de joie et se précipita vers lui en criant :

— Aidez-moi, vite, ils me poursuivent !

De plus près il constata que c'était un inconnu. Ce n'était pas Werner. Il avait le même uniforme, le même casque, mais c'était quelqu'un d'autre. Jurek se figea une fraction de seconde et, le temps qu'il se ressaisisse, le soldat le hissait déjà dans la voiture. Il le cacha sous son siège, sur lequel il se rassit.

Le soldat aperçut alors ses poursuivants. Les deux cavaliers galopèrent à travers les arbres et s'arrêtèrent à la hauteur de la charrette.

— As-tu vu un petit juif blond, un manchot ?

— Oui, il est parti par là, répondit l'autre en montrant la forêt.

Jurek entendit décroître le galop des chevaux. La charrette quitta la forêt en cahotant pesamment avant de s'engager sur le chemin carrossable. Le soldat sifflota entre ses dents, puis il lui demanda dans un mauvais polonais :

— Où vas-tu ?

— Et vous ?

— Moi, je vais à Nowy Dwor, répondit l'Allemand en riant.

— Bon. C'est sur l'autre rive de la Vistule ? questionna Jurek après réflexion.

— Oui.

— Très bien, dit Jurek en allemand.

— Tu parles allemand ?

— Juste un peu.

Le soldat arrêta la voiture, aménagea un espace entre les bûches et tira Jurek de sa cachette.

— Allonge-toi là.

Il ôta sa capote et la jeta sur l'enfant.

— Comme ça, on ne risque pas de te voir.

Il fouetta les chevaux.

— Tu es vraiment juif ?

— Non.

— Dis-moi la vérité.

— Non, je ne suis pas juif.

— Comment t'appelles-tu ?

— Jurek Staniak.

— Non, ton vrai nom.

Jurek réfléchit. Il s'aperçut qu'il ne savait plus son nom.

— J'ai oublié.

Le soldat se remit à siffloter.

— Tu as faim ? s'enquit-il un peu plus tard.

— Oui.

Il prit un gros sandwich dans une caisse posée à ses pieds et le lui tendit.

Après que Jurek eut mangé et regagné sa place entre les rondins de bois, le soldat lui demanda ce qui lui était arrivé au bras.

Jurek lui raconta l'histoire.

— Où vas-tu à Nowy Dwor ?

— Je n'y vais pas. Vous m'arrêterez avant, quand on aura traversé la Vistule.

— Mais pourquoi tiens-tu tellement à la traverser ?

— Parce que tout le monde me connaît ici.

— Le petit juif blond manchot, hein ?

— C'est ça.

La circulation sur la route s'intensifia. Des charrettes, des camions militaires allemands, parfois une moto avec un side-car, un soldat ou un ouvrier à bicyclette. Ils atteignirent le pont, qu'ils traversèrent. Le bruit des roues sur le pont intriguait Jurek qui se redressa pour mieux voir.

— Recouche-toi immédiatement ! lui dit sévèrement le soldat.

Une fois le pont traversé, le soldat arrêta les chevaux et aida Jurek à descendre.

Il tendit la main vers la caisse, d'où il tira un autre sandwich.

— Tiens, c'est pour la route.

— Merci beaucoup.

— Que Dieu te garde, petit.

Le soldat remonta en voiture et s'en alla. Jurek se hâta de quitter la route pour emprunter un chemin de terre qui traversait les champs et les pâturages. Il scruta l'horizon, mais excepté quelques bosquets ici et là, il ne vit nulle part la ligne sombre, rassurante, de la forêt. Derrière lui se découpait la petite ville de Nowy Dwor. Il reprit sa marche, s'éloignant des douloureux souvenirs.

Il se mit à pleuvoir. À la nuit tombée, il remarqua des volutes de fumée sous les nuages bas qui obscurcissaient le ciel. Il pataugea dans la boue jusqu'au village. Des toits de chaume se dessinaient vaguement dans la brume. Il poursuivit son chemin jusqu'à ce que se profilent devant lui les bâtiments d'une ferme. Il alla frapper à la porte de la maison. Le fermier le dévisagea d'un air indécis avant de l'inviter à entrer. Deux jeunes filles et une femme cousaient près du poêle. Jurek ôta son chapeau et récita la bénédiction d'usage.

Les femmes lui répondirent de même.

— Enlève-lui sa veste, dit la femme, et fais-le asseoir.

L'homme aida Jurek à retirer sa veste, qu'il mit à sécher à côté du poêle. L'une des filles lui servit une assiette d'un plat posé au centre de la table. Il y avait des pommes de terre à la crème, des carottes et de l'omelette avec de grosses rondelles de saucisson. Il ne releva pas la tête avant d'avoir fini.

Les questions fusèrent. Il en avait l'habitude. Il leur dit comment il s'appelait et leur raconta son histoire.

À la fin, il posa la tête sur la table et ferma les yeux.

— Le gosse est fatigué, dit la femme.

— Viens, fit l'homme. Je t'emmène te coucher.

La femme donna à son mari une chemise de nuit et deux couvertures. Le fermier prit une lampe-tempête et ils coururent à la grange. En entrant, Jurek entendit des crépitements violents, on aurait dit un tir de mitraillette sur le toit.

— Qu'est-ce que c'est ?

— Qu'est-ce que c'est quoi ?

— Ce qu'on entend...

Le fermier se mit à rire.

— La grange a un toit de tôle, expliqua-t-il fièrement.

— Comment on peut dormir avec un bruit pareil ?

— Tu t'y feras. Il y a bien un râtelier pour le fourrage à l'étable où tu pourrais faire ton lit, mais on y a entreposé des sacs de grains en ce moment.

Le fermier attendit que Jurek s'installe avant de retourner à la maison. Jurek resta seul dans le noir.

Il ôta ses vêtements mouillés, enfila la chemise de nuit, puis s'allongea et se pelotonna sous les couvertures. Mais il n'arrivait pas à s'endormir. C'était la première fois qu'il entendait la pluie tambouriner sur un toit de tôle. Il finit par succomber à la fatigue et sombra dans un sommeil haché où le fracas de la pluie s'immisçait dans ses rêves. Il fit un rêve qu'il faisait souvent. Il grimpait à un arbre, glissait, tendait la main pour se rattraper à une branche, mais c'était son moignon, et l'impression de tomber était si réelle qu'il se réveillait. Tétanisé, il se cramponna à son lit et poussa un gémissement de terreur. Il ouvrit les yeux. La plainte ne sortait pas de sa gorge. Il l'entendait distinctement dans l'obscurité. À présent, il voyait des petits points lumineux, brillants, se rapprocher de lui :

« Ohhhhh, Ohhhhh... ! »

Jurek bondit sur ses pieds et décampa. Il traversa la cour en trombe et se précipita dans la maison. Les braises qui chuchotaient dans le poêle rougeoyaient sur le sol. C'est là qu'il se réfugia, terrorisé. Entendant la porte grincer, le fermier sortit de la chambre. Il vit la silhouette blanche, assise près du poêle, et se signa, épouvanté :

— Maman ? Pourquoi es-tu revenue ?

Sa mère était morte quelques jours plus tôt et il était convaincu de voir son fantôme.

— C'est moi, Jurek Staniak.

Le fermier l'empoigna, il le gifla et le jeta dehors.

— Retourne te coucher !

Jurek ne put faire autrement que de regagner la grange. Il était complètement réveillé. Il chercha son lit à tâtons, trouva son pantalon étalé sur la paille, il y repêcha son briquet et l'alluma. Deux chats étaient roulés en boule sur la couverture. Il les fourra dessous et proféra d'une voix caverneuse : « Maman ? Pourquoi es-tu revenue ? » et il éclata de rire.

En émergeant de la grange le lendemain matin, il vit le fermier et l'une de ses filles à côté d'une brouette remplie de nourriture pour les cochons. Jurek s'approcha et offrit ses services.

— Tu peux travailler ? dit le fermier.

— Je peux faire n'importe quoi. Tout ce qu'il faut.

— Tu pourrais emmener cette brouette à la porcherie ?

— Oui. Vous allez voir.

Il prit sa corde, la plia en deux, mesura la distance entre les brancards et son épaule, noua les deux morceaux ensemble à l'aide de sa main valide et de ses pieds, il accrocha un bout de la corde double aux brancards de la brouette et l'autre à son épaule droite. Il avait trouvé le moyen de remplacer sa main. Le fermier et sa fille le regardaient avec curiosité. Jurek saisit le brancard gauche et se redressa.

C'était la première fois qu'il essayait cette méthode, mais il réussit à garder la brouette en équilibre. Il se mit à la pousser. Des planches conduisaient à la porcherie, qu'il atteignit sans encombre.

— Papa, on le garde, supplia la jeune fille.

— Non. C'est très joli ce qu'il a fait, mais je n'ai pas besoin d'un handicapé.

— Je l'aiderai.

— Marina, rappelle-toi ta promesse. Toi, prends le seau et va remplir la mangeoire, ordonna-t-il à Jurek.

14

MARINA ET GRZEGORZ.
LES RUSSES ARRIVENT, DIT LE CONTRÔLEUR.

Stanislaw Boguta ne se souciait plus de l'infirmité de Jurek : il le traitait comme n'importe quel journalier qu'il employait en échange du gîte et du couvert. Il le frappait quand il faisait une bêtise et ne le dispensait d'aucune tâche. Sans le savoir, il aida Jurek à se battre pour être comme les autres.

Comme Jurek se plaignait toujours du vacarme de la pluie sur le toit, la mère et la fille cadette, Marina, débarrassèrent en partie le râtelier de l'étable à son intention. Aménagé en hauteur pour que les vaches ne puissent pas atteindre le fourrage, on y accédait par des barreaux, scellés dans le mur. Elles le garnirent d'un matelas de paille et de couvertures. Les vaches réchauffaient un peu l'endroit avec leur haleine. Jurek ne renonça pas aux chats, qu'il emmena avec lui dans sa nouvelle demeure.

Il comprit très vite que Marina était la préférée de sa mère. Klara, l'aînée, était la chouchoute de son père. C'était sans doute pour cela que tous les yeux étaient fixés sur la mère quand elle servait la viande du déjeuner dominical. Elle veillait à distribuer des parts égales, mais Klara explosait à chaque fois :

— Tu lui as encore donné le meilleur morceau !

Marina échangeait son assiette avec celle de sa sœur, qui s'empressait de la reprendre.

L'hiver, l'inactivité pesait à Stanislaw Boguta. Quand il était fatigué de tourner en rond dans la maison ou dans la cour ou de se creuser la tête pour occuper Jurek et ses filles, et si la neige ne bloquait pas la route, il attelait le traîneau et partait en ville retrouver ses amis à la taverne.

Klara, qui remplaçait son père en son absence, ne laissait pas Jurek s'amuser avec les enfants du village tant qu'il n'avait pas fini son travail – donner à manger aux cochons et aux poules, ramasser les œufs dans le poulailler, nourrir les vaches et les chevaux. Et lorsqu'elle estimait qu'il avait terminé trop tôt, elle inventait autre chose.

— Va couper du bois, Jurek.

Il y parvenait, mais elle trouvait qu'il mettait trop de temps.

— Tu as bientôt fini ?

Marina prenait sa défense :

— Laisse-le tranquille.

— Va trier les pommes de terre.

Jurek se rendait dans le hangar pour trier les pommes de terre. Klara venait y fourrager pour lui prouver qu'il avait mal fait son travail. Il recommençait de zéro et, une fois sa besogne achevée, il tentait de s'esquiver, mais elle le guettait par la fenêtre.

— Va chercher du bois !

Ne pouvant transporter les bûches à bout de bras, il les attachait avec une corde sur son dos. Un jour qu'il l'avait mal fixée, la corde se défit et les bûches tombèrent dans la neige. Marina vint l'aider à les ramasser et à les apporter à la maison. Klara leur fit grise mine, mais Marina envoya Jurek jouer.

— Klara déteste tout le monde parce qu'elle n'est pas mariée, gloussa Marina.

Marina tint la promesse faite à son père. Du jour où la brouette se renversa avec son contenu sur le sol gelé et glissant et que maître Stanislaw eut flanqué à Jurek une bonne correction, elle prit l'habitude de la pousser à sa place jusqu'à la porcherie chaque matin et chaque soir. Sans elle, Jurek aurait été contraint de repartir errer dans la neige et le froid.

Les enfants du village faisaient des bonshommes de neige avec des yeux en charbon de bois et une carotte en guise de nez, mais Jurek ne se joignait pratiquement jamais à eux parce que c'était toujours le matin. En revanche, les batailles de boules de neige duraient presque toute la journée, très courte en hiver. Une petite colline, à la limite du village, leur servait de glissoire et on les entendait hurler de joie. Les enfants glissaient sur une planche ou des luges fabriquées à la maison. Ils aimaient bien leur camarade, qui était rapide et joyeux même s'il était manchot, et ils l'associaient volontiers à leurs jeux. Mais quand il ne pouvait échapper à la surveillance de Klara avant la tombée de la nuit, Jurek restait à la maison et s'asseyait près du poêle pour regarder les femmes faire la lessive, repasser ou coudre, jusqu'à ce qu'il aille se coucher dans l'étable.

Un dimanche, un jeune homme arriva à la ferme, il attacha son cheval à la barrière et entra dans la cour. L'ayant aperçu par la fenêtre, Marina courut joyeusement à sa rencontre.

— Grzegorz !

Stanislaw Boguta, qui l'avait suivie, la saisit par le bras et la ramena à la maison. Il lança au visiteur un regard hostile.

— Tu peux venir voir Klara, si tu veux. Mais Marina est trop jeune !

Il attendit le départ du jeune homme pour déclarer à sa fille :

— Un menuisier ! Il n'a pas de terre et il n'est même pas d'ici ! Je te défends de le fréquenter, et si jamais je t'y prends, je t'enferme à la maison et gare à lui !

— Et Klara ?

— Je l'y autorise si elle veut. Mieux vaut un menuisier que rester vieille fille.

Klara éclata en sanglots. C'était la première fois que Jurek la plaignait.

Jurek connaissait le jeune homme. Il saluait Marina chaque dimanche à l'église. Il avait surpris les regards enflammés qu'ils échangeaient pendant la messe.

— Grzegorz te donnera un mot que tu me remettras quand personne ne te verra. Tu sais lire ?

— Non.

Marina avait l'air contente.

Tous les dimanches, Grzegorz lui glissait un papier que Jurek transmettait à Marina. L'hiver n'était pas fini que Grzegorz commença à venir à la ferme en cachette, généralement dans la nuit du dimanche au lundi. Marina se faufilait dehors pour le retrouver dans l'étable. N'ayant personne à qui parler, elle avait choisi Jurek pour confident.

— N'est-ce pas qu'il est beau ?

Jurek n'en savait rien, mais il approuvait quand même.

— J'ai vu l'armoire qu'il a fabriquée pour les parents de ma meilleure amie et j'ai vu aussi le cercueil qu'il a fait pour notre voisine. Une véritable œuvre d'art. Tu sais, Jurek, il a des mains en or et il est si intelligent ! Je l'aime tant... Je me fiche de ce que pense mon père, il peut dire ce qu'il veut. Je m'enfuirai et nous nous marierons. Tout ça à cause de Klara.

« Ce ne sera pas drôle quand elle ne sera plus là », pensa Jurek.

Marina et Grzegorz s'embrassaient des heures durant dans la pénombre, au milieu des vaches. Jurek somnolait et, quand il se réveillait, ils n'avaient pas bougé.

— Vous n'avez pas froid ? demanda-t-il à Marina.

— Non. On n'a jamais froid quand on est amoureux.

Un jour, ils prièrent Jurek d'aller dormir dans la grange.

— On viendra te chercher pour te ramener ici, promit Grzegorz.

Jurek accepta volontiers pour faire plaisir à Marina, mais il était dévoré de curiosité. Que pouvaient-ils bien fabriquer dans l'obscurité sous les couvertures ?

Une nuit, n'y tenant plus, il entra en douce dans l'étable et se cacha au milieu des bêtes. S'il ne voyait strictement rien dans le noir, en revanche, il entendait des murmures de voix et des froissements. Quoique incapable de se figurer exactement ce qu'ils étaient en train de faire, il était étrangement troublé. Il retourna dans la grange et se recoucha dans le foin, perplexe. Il se rappela brusquement que, lorsqu'il dormait avec sa mère, elle le réveillait parfois en lui disant :

— Srulik, va dans le lit de papa.

Il se levait à moitié endormi, s'effondrait dans l'autre lit et se rendormait immédiatement. Mais une fois, il avait senti que son père n'était plus à ses côtés.

Jurek se redressa, plongé dans ses pensées. Il se souvint d'une discussion qu'il avait surprise entre ses grands frères.

— Cette nuit, papa a lancé sa *kippa*[1] à maman et elle ne la lui a pas rendue.

Ils se tordirent de rire et s'aperçurent qu'il les regardait, ébahi.

— Srulik, tu sais ce qui arrive quand maman ne rend pas sa *kippa* à papa ?

— Il en a une autre, non ?

Ils pouffèrent de plus belle. Jurek venait de saisir que ces mots avaient peut-être un double sens. Il essayait d'y voir plus clair quand il se souvint de ce que lui avait dit Marisha : « Tu comprendras quand

1. La kippa est une sorte de « calotte ». Il est d'usage pour les hommes juifs de se couvrir la tête en signe de respect pour la présence divine.

tu seras grand. » Le moment était arrivé. Un déclic se fit dans son esprit. « Non, se dit-il, ce n'est pas possible. » Il se rendormit jusqu'à ce que Grzegorz vienne le réveiller pour le ramener à l'étable.

Une nuit, après que Grzegorz l'eut accompagné à la grange, Jurek attendit quelque temps avant de retourner à l'étable. La neige reflétait le clair de lune et tout scintillait alentour. Il entra et se dissimula au milieu des vaches. Ils étaient allongés sous les couvertures, leurs vêtements jetés sur les barreaux de l'échelle. Il entendit soudain des pas crisser dans la neige. Il regarda dehors et aperçut Klara. Il monta à l'échelle à toute vitesse et chuchota :

— Marina, ne bouge pas. Klara arrive.

Il s'allongea à côté d'eux sur la couverture.

— Jurek ? appela Klara de la porte.

— Oui, qu'est-ce qu'il y a ?

— Tu ne dors pas ?

— Tu m'as réveillé.

— Tu as vu Marina ?

— Non.

— À qui est le cheval attaché à la barrière ?

Grzegorz avait été négligent. La nuit était exceptionnellement claire.

Klara s'approcha.

— Qu'est-ce qui pend sur l'échelle ?

— Mes vêtements.

— Depuis quand tu te déshabilles pour dormir ?

Elle commença à monter, redescendit précipitamment et se rua vers la maison en criant :

— Papa ! Marina est avec Grzegorz dans l'étable ! Papa !

Une fenêtre s'éclaira. Stanislaw Boguta se hâta dehors en chemise de nuit, une lampe-tempête dans une main et une hache dans l'autre. Grzegorz se sauva. Marina enfila sa chemise de nuit, elle descendit, remit ses chaussures et s'emmitoufla dans sa pelisse. Son père la traîna par les cheveux à la maison. Elle ne pleurait pas. Jurek entendit des cris dans la maison. Il espérait que son père n'était pas en train de la battre. Il ne plaignait plus Klara. Il la détestait au contraire.

Le lendemain, le fermier renvoya Jurek comme si c'était de sa faute. Marina, venue lui dire adieu, se pencha et lui murmura à l'oreille :

— Va voir Grzegorz.

Jurek se rendit donc à la menuiserie, où on lui fit bon accueil. Il se joignit aux deux ouvriers, des jeunes du village, qu'employait Grzegorz. Au début, ils se moquèrent de lui, mais ils changèrent d'avis quand ils s'aperçurent qu'il était travailleur et dévoué. Il se cantonnait aux activités qu'il pouvait exécuter d'une seule main. Il limait et polissait le bois au papier de verre, sciait les planches après les avoir assujetties dans l'étau, passait les meubles à la cire et au vernis. Grzegorz était très satisfait.

Après le travail, Jurek allait jouer avec les enfants du village, qui l'aimaient bien. Et pour la première fois depuis longtemps, il dormait près du poêle, dans une maison bien chauffée.

Au printemps, Grzegorz vendit le cheval et la charrette, emballa ses affaires dans deux grandes malles et se fit conduire à la gare, avec Jurek et ses bagages, par le paysan qui lui avait acheté sa carriole.

— Tu as déjà pris le train ?

— Non, répondit Jurek, les yeux brillants de curiosité.

Grzegorz était très ému quand le train entra en gare. Il examinait fébrilement les fenêtres de chaque wagon, comme s'il cherchait quelqu'un.

— La voilà ! cria Jurek qui venait d'apercevoir Marina.

Ils chargèrent les malles dans le fourgon à bagages, en queue du convoi, et montèrent dans le train. Marina se jeta dans les bras de Grzegorz, les joues ruisselantes de larmes. Puis elle embrassa Jurek.

— Où étais-tu ? demanda Jurek.

— Je me suis cachée en ville, chez ma tante. Papa est venu me chercher jusque là-bas. Grzegorz, si tu l'avais vu !

— Mais comment vous êtes-vous mis d'accord ? insista Jurek.

— On s'est écrit. Tu vois que c'est utile de savoir lire et écrire.

Quelques arrêts plus loin, les voyageurs se massèrent aux fenêtres. Le quai était noir de soldats allemands qui n'avaient pas l'air de vouloir monter en voiture. Brusquement, sans raison apparente, il y eut un grand remue-ménage dans le train. Des jeunes gens s'élancèrent sur la voie, mais des soldats qui les y attendaient leur tirèrent dessus.

— C'est pour les travaux forcés, expliqua Grzegorz à Marina. Viens vite !

Ils sautèrent du wagon. Jurek courut à la fenêtre, mais il ne les vit pas parmi les fuyards qui couraient sur la voie et détalaient à travers champs. Jurek scruta du regard le canal qui longeait les rails, et deux bâtiments à moitié en ruine qui s'élevaient tout près de là, puis revint aux fuyards. Les soldats tiraient. Les gens tombaient les uns après les autres.

Deux soldats montèrent dans le wagon en brandissant leurs armes et arrêtèrent quelques jeunes qui s'y trouvaient encore. Le train siffla. Jurek saisit son sac et descendit. Personne ne fit attention à lui dans l'agitation générale. Il apperçut une quinzaine de jeunes gens sous bonne garde. Les Allemands les firent monter dans un camion militaire, garé devant la gare. Le train siffla à nouveau. Jurek remonta en voiture. Non, Marina et Grzegorz n'étaient toujours pas là. Le contrôleur et le chef de gare refermaient les portières des deux côtés du train.

— Tu montes ou tu descends, petit ?

— Mon frère et ma sœur ne sont pas revenus.

— Ils ont besoin de main-d'œuvre pour construire leurs blockhaus, les salauds, dit le contrôleur. Les Russes arrivent, conclut-il en claquant la portière.

La locomotive siffla pour la troisième fois. Le convoi s'ébranla. Jurek courut sur le quai dans l'espoir de les repérer et de monter à la dernière minute. Le train accéléra et Jurek s'arrêta au bout de la voie. C'est alors qu'il les aperçut à la fenêtre du wagonnet du contrôleur, accroché à l'arrière du fourgon. Ils le virent à leur tour. Le train redoubla de vitesse. Grzegorz ouvrit la portière et lui cria quelque chose que Jurek ne saisit pas.

15

Les mines. Sacha et la fille aux longues nattes.

Jurek reprit sa vie errante. Il s'employait chez un fermier une semaine ou deux. Ou il dormait en cachette dans une grange. Quand il faisait chaud, il se baignait dans un ruisseau ou un lac.

Il regrettait la forêt de Kampinoski. Les baies et les champignons. De temps à autre, il trouvait des myrtilles ou des mûres dans les bois, mais les femmes et les enfants du voisinage l'avaient généralement précédé. Au cours de ses vagabondages, il cueillait quelquefois des légumes dans les champs ou chapardait dans les vergers à côté des maisons. Il s'était fait pincer plus d'une fois, surtout en essayant de voler une poule. Son moignon lui sauvait souvent la mise. Les fermiers ne le battaient pas, ils le considéraient comme un pauvre orphelin, contraint de se signer de la main gauche.

S'il rencontrait des fermiers au travail dans les champs, il s'avançait, les saluait au nom de Jésus, et quand on lui répondait de même, il mettait la main à la pâte sans mot dire. À la pause, on l'invitait à partager le repas et on lui posait quelques questions. On hochait la tête avec commisération. Qu'on ait pitié de lui le révoltait. Il leur montrerait ce qu'il était capable de faire. Il leur prouverait qu'il pouvait gagner son pain même d'une seule main.

— D'où viens-tu, petit ?

— Je ne me rappelle plus.

Après quoi, il arrivait qu'on lui propose du travail. Un fermier le surprit un matin qu'il sortait de sa grange, à moitié endormi, et, à sa demande, il l'envoya garder les moutons.

Un soir, un orage éclata et quand Jurek rentra, trempé jusqu'aux os, le fermier, compatissant, l'invita chez lui. Il lui donna à manger, lui arrangea un coin pour dormir près du poêle et le couvrit avec une grande peau de mouton. Au matin, en le réveillant, sa femme souleva la fourrure et se mit à hurler.

— Heniek ! Viens voir, la peau de mouton est remplie de poux !

Son mari accourut, il inspecta la fourrure, gifla Jurek et le jeta dehors. Puis il suspendit la peau à la clôture, il lui donna un peigne et lui enjoignit d'ôter tous les poux. Jurek abandonna le peigne, la peau et les poux sur la clôture et prit la poudre d'escampette.

Une autre fois, un fermier le chargea de panser son cheval dans la rivière qui coulait près du village.

— Emmène Kastan et va le laver à la rivière.

— Pourquoi la Vistule est si petite ici ? demanda Jurek.

L'homme se mit à rire. Il lui expliqua qu'il s'agissait d'une autre rivière, la Liwiec, qui se jetait dans le Bug. Le fermier l'envoya ensuite garder les vaches dans le pré, mais des membres de sa famille, dont deux adolescents, ayant débarqué à l'improviste, il n'eut bientôt plus besoin de lui. Ses proches avaient fui leur village en raison de la proximité du front russe. Jurek savait que les grondements de tonnerre et les éclairs qu'on apercevait la nuit annonçaient l'arrivée des Russes.

Voilà deux jours qu'il marchait sur un large chemin. À de multiples signes, on voyait que ç'avait été une vraie route autrefois. Il longea longtemps le bord de l'eau. Puis il décida de se baigner, et se déshabilla au milieu des joncs. En entrant dans l'eau, il vit un pont dans le lointain. La route était déserte depuis le matin. C'était étrange. Il n'avait vu passer aucune charrette. Tout en barbotant, Jurek entendit le moteur d'une voiture. Il se cacha et vit un camion allemand transportant des soldats s'arrêter au milieu du pont. Il paniqua. Et s'ils étaient venus se baigner eux aussi ? Il se hâta de ramasser ses affaires et il se cacha au milieu des hautes tiges. Personne en vue. Il se redressa pour jeter un coup d'œil. Ils étaient toujours sur le pont. Il se rhabilla et s'approcha en rampant pour mieux voir. Les soldats déchargèrent le camion et travaillèrent longtemps sur et sous le pont.

Jurek allait se remettre en route quand quelque chose lui dit qu'ils étaient en train de poser des bombes. Il n'avait jamais entendu parler de mines, mais il avait vu juste. Il tira de son sac des carottes qu'on lui avait données et entreprit de les croquer. Les Allemands se hâtaient et l'un d'entre eux scrutait fréquemment l'horizon à la jumelle. Ils avaient l'air inquiets et ils se dépêchèrent de partir.

Jurek décida de rester là pour avertir les éventuels voyageurs. Il dénicha un endroit confortable dans la jonchaie et s'accorda un petit somme. Il n'y avait toujours personne en vue. Le soleil commençait à décliner quand il se mit en quête de nourriture. En émergeant de sa cachette, il vit une charrette qui avançait lentement au loin.

Jurek agita la main. Le fermier arrêta ses chevaux.

— Tu veux monter, petit ?

— J'ai vu des Allemands faire quelque chose sur le pont. Ils ont travaillé longtemps.

— Des mines ! s'exclama l'homme. Tu m'as sûrement sauvé la vie. Viens, je vais te ramener chez toi. Tu habites dans ce village ? demanda-t-il en désignant un point derrière lui.

— Oui, répondit Jurek.

Il s'apprêtait à monter dans la voiture quand le fermier l'arrêta.

— Écoute, petit. Les Russes arrivent. Ça fait plusieurs nuits qu'on entend les canons. Si les Allemands ont miné le pont, il faut prévenir les Russes. Tu comprends ? En attendant, reste là pour avertir ceux qui pourraient traverser. Ne passe pas de l'autre côté. Contente-toi de crier : « C'est miné ! » Je vais revenir avec le maire du village et d'autres personnes. On te ramènera chez toi après.

— Mais j'ai faim ! protesta Jurek.

— Attends, je vais te donner quelque chose.

L'homme fouilla sous son siège, d'où il tira un quart de pain et des poires. Ensuite, il plongea la main dans une de ses poches, et en sortit quelques carrés de sucre. Après réflexion, il sortit encore un morceau de saucisson de l'autre poche.

— Tu l'as bien mérité !

À la tombée de la nuit, l'homme n'était toujours pas revenu. Jurek était couché dans un champ, non loin du pont. Il luttait contre le sommeil. Que se passerait-il quand les Russes arriveraient ? Quelle langue parlaient-ils ? Sûrement le russe. Au cours de la nuit, les grondements reprirent comme la veille, sauf que le tonnerre et les éclairs étaient plus proches et plus forts. Il finit par s'endormir. Un bruit assourdissant le réveilla en sursaut. Dans l'aube naissante, il assista à un spectacle incroyable. Des camions militaires et des blindés étaient arrêtés au bord du champ. Des soldats avaient envahi les prés voisins. Il paniqua. Il ne les avait pas avertis. Qu'allait-il se passer ? Il se leva et slaloma entre les soldats en direction du pont. Il réussit à en éviter un bon nombre, mais il se heurta à un autre groupe. Un homme le harponna et le souleva pour le regarder. Il lui sourit et lui débita en russe :

— On est russes. N'aie pas peur, petit.

Jurek comprit. Ça ressemblait au polonais. Bouleversé, il essaya de lui expliquer. Le soldat le reposa par terre et lui dit quelque chose que Jurek ne saisit pas. L'homme était jeune, il avait une large carrure, un visage rond et un sourire qui inspirait confiance. Voyant que Jurek ne se calmait pas et continuait à parler avec véhémence, comme s'il voulait dire quelque chose d'important, il l'entraîna vers une voiture où étaient peints des cercles blancs avec de grandes croix rouges à l'intérieur.

— En polonais, dit le soldat en désignant l'un des deux hommes, assis près de la voiture, qui portaient également des brassards et des insignes frappés d'une croix rouge au bras et sur leur casque.

— Que se passe-t-il ? demanda l'homme.

— Les Allemands ont miné le pont.

— Comment le sais-tu ?

— Je les ai vus. Hier. J'étais en train de me baigner dans la rivière. Un paysan m'a dit d'attendre qu'il revienne avec des gens du village et de vous avertir. Mais ils ne sont pas revenus.

— Si, ils sont revenus et ils nous ont prévenus. C'est pour ça qu'on s'est arrêtés. On attend les démineurs.

— Je me suis endormi. Je ne savais pas.

— Ils ont effectivement mentionné un garçon qui avait vu les Allemands poser les mines. C'est toi ?

— Oui.

L'homme traduisit et le soldat lui dit quelques mots enthousiastes dont Jurek comprit le sens général.

— Tu as sauvé beaucoup de gens, petit. On va te ramener à la maison et notre officier offrira un beau cadeau à tes parents. Où habites-tu ?

Jurek esquissa un geste circulaire.

— Partout.

— Tu n'as pas de famille ?

— Non.

— Alors que fais-tu ici ?

— J'étais parti chercher du travail et je me suis endormi dans un champ.

— Qu'est-ce qui t'est arrivé à la main ?

— Vous êtes médecin, monsieur ?

— Non, infirmier.

— Elle a été happée par une machine.

Les deux hommes échangèrent quelques mots.

— Il demande si tu veux rester avec lui, traduisit l'infirmier. Je t'aurais bien emmené avec moi vu que je parle polonais, mais je retourne bientôt à Moscou et je ne reviendrai qu'en hiver.

Jurek considéra le jeune soldat, qui désigna sa poitrine en déclarant :

— Moi sergent Sacha.

Jurek l'imita.

— Moi, c'est Jurek.

Ils se serrèrent la main.

— Dites-lui que j'accepte de rester avec lui.

— Tu fais bien, c'est un brave garçon.

L'infirmier prit du pain et une boîte ronde remplie de triangles argentés. Il coupa une tranche de pain, ôta le papier d'argent de l'un des triangles et étala la pâte jaunâtre qu'il contenait sur la tartine.

— Tu sais ce que c'est ?

— Non.

— Du fromage d'Amérique.

— D'Amérique ?

— Oui, comme les camions que tu vois là et la viande de porc en boîte que tu vas bientôt connaître – il n'y a pratiquement que ça à manger. Tout vient d'Amérique.

Jurek savait que l'Amérique était très loin. Mais comment les camions étaient-ils arrivés d'Amérique ? demanda-t-il à l'infirmier.

— En bateau, petit, en bateau. Par la mer du Nord.

Sacha revint avec un uniforme. Il prit les ciseaux de l'infirmier, coupa les manches de la chemise et le bas du pantalon et, montrant la rivière, il envoya Jurek se laver et changer de vêtements.

Les soldats du bataillon ayant eu vent de l'histoire du petit manchot et du pont miné, Jurek fut cordialement accueilli partout. Il sauta de joie en apprenant que « son » soldat appartenait à la division blindée. Il passa la journée à observer les tanks, leur tournant autour et les effleurant du bout des doigts. Quand les soldats s'activaient sur l'un des véhicules pour le nettoyer, le huiler et le graisser, il s'emparait d'un chiffon et les imitait. Il travaillait avec beaucoup de sérieux et d'application. Le soir, il s'installa près du feu avec son nouveau père adoptif. Les soldats firent cuire du gruau dans une marmite posée sur le feu. Lorsque ce fut prêt, ils y ajoutèrent de la viande en conserve. Sacha lui donna une cuillère et remplit une gamelle de ragoût dans laquelle ils mangèrent ensemble. Que Jurek le comprenne ou pas, Sacha lui parlait en riant souvent tout seul, et quand les soldats commencèrent à se disperser, il le conduisit à un grand camion et lui montra son contenu à la lueur d'une torche. Il y avait des outils et des appareils qui rappelèrent à Jurek la forge de sa bourgade natale. Sacha désigna les instruments et les tanks, puis se frappa la poitrine. Jurek comprit. Sacha était l'un des mécaniciens. Sacha étala une couverture près du camion et invita Jurek à dormir à côté de lui.

Le lendemain, quand le régiment se mit en route, à l'aube, Jurek se retrouva dans un tank en compagnie de Sacha et de quelques autres soldats. Au début, en dépit de ses protestations, Sacha le tenait fermement pour l'empêcher de tomber, jusqu'à ce qu'il se rende à ses arguments et le laisse se débrouiller seul, malgré son infirmité.

Soudain, ils se retrouvèrent sous le feu ennemi. Les tankistes disparurent à l'intérieur des véhicules tandis que leurs camarades sautaient à terre et s'aplatissaient sur le sol. Les tanks déplacèrent leur tourelle. Les tirs s'intensifièrent. Les soldats allongés à côté de lui fixèrent la baïonnette au canon de leur fusil, bondirent sur leurs pieds et s'élancèrent derrière leur commandant. Inquiet pour son protecteur, Jurek se souleva pour mieux voir, mais la poussière et la fumée faisaient écran.

Les tirs cessèrent. Des acclamations et des cris de joie fusèrent de tous les côtés. Des soldats poussaient devant eux trois prisonniers allemands, terrifiés. L'un des soldats tira une longue rafale et les prisonniers s'effondrèrent dans une mare de sang. Jurek se remit du choc et examina les cadavres. Werner n'était pas parmi eux. Il se retourna et découvrit Sacha qui l'observait.

— Tu es tout pâle, Jurek. Viens, on s'en va.

Sacha et d'autres mécaniciens allèrent chercher leur matériel dans le camion atelier pour réparer l'un des tanks. Jurek les regarda travailler. Sacha lui montra un outil et lui demanda de le lui passer. Puis un autre encore. À chaque fois, il le nommait en russe.

Quand les hommes s'interrompirent pour fumer, Jurek tira son briquet de sa poche pour allumer la cigarette de son ami. L'objet suscita l'intérêt général et passa de main en main.

Entre les progressions et les haltes, l'amitié entre Jurek et Sacha s'approfondissait, même sans paroles. Et ils se réjouissaient lorsque le russe ressemblait au polonais.

— Tu as envie de manger autre chose ? lui demanda Sacha un soir, après le sempiternel dîner de gruau et de viande en conserve.

Jurek éclata de rire. On aurait dit qu'il écorchait les mots ou qu'il plaisantait.

— Oui.

— Demain matin.

Ce soir-là, ils faisaient étape au bord d'un lac. Au matin, Sacha se munit d'une caisse et d'une grenade et s'en fut au lac avec Jurek. Il dégoupilla la grenade et la lança dans l'eau. Un instant plus tard, l'explosion souleva une grande gerbe d'eau dans le lac où se formèrent des rides concentriques et, peu après, des poissons apparurent à la surface, le ventre en l'air. Sacha se déshabilla et se mit à l'eau pour les récupérer. Avec l'aide de Jurek, il les déposa dans la caisse et les rapporta à ses compagnons. Tout le monde était ravi. Comme ils devaient se remettre en route, ils durent attendre la prochaine halte pour allumer un feu et les faire cuire à la broche.

Malgré les difficultés de la langue et avec force gestes, Sacha réussit à lui parler de sa famille, de son grand frère, également à l'armée, de ses deux petites sœurs et de son autre frère, plus jeune que Jurek. Jurek lui raconta qu'il était le cadet de cinq enfants et Sacha lui confia les noms de ses parents et de ses frères et sœurs, mais quand ce fut son tour, Jurek fut incapable de s'en souvenir.

— Je ne me rappelle pas, dit-il tristement.

— Où sont-ils ?

Jurek haussa les épaules.

— Je crois qu'ils sont morts.

Sacha lui tapota affectueusement l'épaule pour le réconforter.

La nuit, l'écho des canons et les éclairs se raréfiaient à mesure qu'ils s'éloignaient du front. Un jour, leur unité fit halte tandis que les autres continuaient. Jurek alla s'informer auprès de l'infirmier. Il le trouva assis par terre, occupé à disputer une partie de dames avec son chauffeur.

— Ils vont jusqu'à la Vistule, petit, pour se mettre à couvert dans les tranchées.

— Et nous ?

— On nous garde pour le grand choc. Avec un peu de chance, on ira en maison de repos.

Jurek les regarda jouer et, une fois la partie terminée, il en proposa une autre.

— Avec toi ? s'esclaffa l'infirmier. Bon, si tu veux.

Jurek perdit. Il fit une autre tentative et perdit encore.

— Ne t'en fais pas. On aura l'occasion de rejouer. Les défaites, c'est très formateur.

Jurek revenait souvent et il ne se décourageait pas de perdre tout le temps. L'infirmier avait raison, il faisait des progrès.

— Sacha, tu as envie de manger autre chose ?

C'était devenu un jeu. Jurek cachait quelque chose derrière son dos.

— Oui.

Jurek tendit le bras et ouvrit la main. C'était un escargot. Sacha éclata de rire, il culbuta Jurek et fit semblant de lui faire avaler la bestiole. Sacha ne fut pas en reste longtemps.

— Jurek, tu as envie de manger autre chose ? lui demanda-t-il le lendemain.

Jurek hésita. Peut-être était-ce une portion de fromage fondu. Il se hasarda à répondre oui. C'était un ver de terre. Mais Sacha s'empressa d'ouvrir l'autre main où il cachait deux carrés de sucre.

— Jurek, tu as envie de manger autre chose ?

Jurek se mit à rire parce que Sacha avait ses deux mains derrière le dos.

— Oui.

Sacha ouvrit ses mains, qui étaient vides.

— Accompagne-moi au village, dit-il en montrant les maisons toutes proches.

Jurek réussit à négocier du sucre contre une poule. Tout contents, ils revinrent au camp, invitèrent l'infirmier et firent cuire la volaille à la braise, dans une papillote de boue.

— On fait une partie de dames ? proposa l'infirmier après le repas.

Jurek gagna.

C'était la première fois que cela lui arrivait et il débordait de joie. L'infirmier se leva, referma la boîte et la lui donna.

— Prends-la, comme ça, tu pourras apprendre à jouer à Sacha. Je pars demain.

Il lui serra la main avec effusion.

Jurek demeura tout l'automne avec Sacha et ses camarades et, au début de l'hiver, il parlait couramment le russe et était devenu leur interprète. Sacha l'emmenait avec lui quand il allait marchander avec les villageois.

Quand la terre gela, ils reçurent l'ordre de prendre leurs quartiers dans un village. Sacha et ses camarades logeaient dans la grange d'une grande exploitation, et il ne s'écoula pas longtemps avant que Sacha ne se mette à offrir quelques friandises à la fermière. La femme acceptait ses cadeaux non sans méfiance. Elle n'avait pas manqué de surprendre les regards que les hommes lançaient à sa fille – qu'elle surveillait étroitement. Jusqu'au jour où Sacha demanda à Jurek d'écrire un mot en polonais et de le porter à la jeune fille.

Jurek s'affola. Il allait perdre Sacha exactement comme il avait perdu Marina et Grzegorz.

— Je ne sais pas écrire.

— Bon, alors quand tu seras seul avec elle à la porcherie ou à l'étable, dis-lui... (Il hésita. Il ne savait pas comment formuler la chose.) Dis-lui que Sacha la trouve très jolie. Alors elle te demandera : qui est Sacha ? Et tu lui montreras. J'attendrai devant la grange. D'accord ?

— D'accord.

La mission réussit. La fille aux longues nattes demanda effectivement qui était Sacha.

— Viens, tu vas voir.

Sacha se trouvait devant la grange.

— C'est lui.

Sacha s'inclina en souriant. La jeune fille rougit et courut se réfugier dans l'étable.

Sacha donna une tape amicale sur l'épaule de Jurek.

— Tu es un brave garçon. Tu as envie de manger autre chose ?

Et il tira de sa poche une portion de fromage fondu.

Un nuit, Jurek remarqua que Sacha avait disparu.

— Sacha, tu étais où cette nuit ?

— Je te le dirai un jour.

— Quand ?

— Quand on nous dira de partir.

— Pour aller où ?

— Envahir l'Allemagne.

— Et moi ?

— J'y pense, ne t'en fais pas.

— Je veux venir avec toi.

— Tu as vu ce que c'est que la guerre. Tu te souviens des trois prisonniers allemands ?

Jurek n'avait pas oublié.

Au début de l'hiver, Jurek sortit de son sac les souliers que lui avait donnés Mme Herman. À sa grande surprise, ils étaient devenus trop petits. Sacha lui apporta des godillots. Il les bourra de papier et les lui fit essayer. Jurek était très content. Les chaussures n'étaient pas neuves, mais elles étaient cloutées et en bon état. Après les premières neiges, il lui apporta un caleçon militaire et une épaisse capote.

— C'est la plus petite que j'aie trouvée, s'excusa-t-il.

— Mon pantalon suffit, protesta-t-il en examinant la culotte longue d'un air méfiant.

— Tu auras chaud avec ça. Il est trop grand, mais on peut le replier à la taille et il y a un cordon qu'on attache à l'intérieur. Tu vois ? Essaie-le.

— Tout à l'heure.

Sacha l'aida à enfiler la capote, il marqua la longueur et raccourcit le bas et les manches. Il tergiversa au sujet de la droite, mais avant que Jurek ait eu le temps de réagir, il l'avait coupée comme la gauche.

— Tu n'auras qu'à la mettre dans ta poche.

Jurek mit le manteau.

— Parfait, apprécia Sacha. Maintenant, va jeter un coup d'œil par la fenêtre et dis-moi s'ils sont en train de manger.

Jurek s'exécuta.

— Non, pas encore, dit-il.

— Appelle-moi quand ils se mettront à table.

À l'heure du repas, Jurek avertit Sacha, qui arriva avec une bouteille de vodka.

— Tu viens avec moi.

Il frappa à la porte et tous deux entrèrent. La jeune fille accueillit Sacha avec émotion, mais ses parents avaient l'air surpris de cette visite. Remarquant la vodka, le père les invita à partager leur repas. Après la bénédiction, tout le monde se signa. Les deux hommes trinquèrent, ils burent à la victoire et à la mort de Hitler avant de commencer à manger. La jeune fille, les joues cramoisies d'excitation, était assise à côté de Jurek. Elle fit mine de l'aider quand Sacha s'interposa :

— Pas besoin, Krystyna, il se débrouille tout seul.

Les parents s'entre-regardèrent.

Sacha remplit de nouveau les verres. Cette fois, ils burent à Staline et à la mère Russie. Il servit aussi Jurek, qui refusa. Il n'avait pas envie de se brûler la langue comme à sa précédente expérience.

Le fermier leva son verre pour la troisième fois.

— À la Pologne libre !

La quatrième fois, ce fut au tour de Sacha :

— À la plus belle, à Krystyna ! Jurek, traduis ce que je viens de dire.

Jurek obéit.

Les parents échangèrent des regards inquiets tandis que Krystyna se sauvait à la cuisine.

— Je suis venu vous annoncer que nous partons, reprit Sacha.

Jurek n'en revenait pas.

— Vous partez ?

— Contente-toi de traduire.

Jurek s'exécuta. La jeune fille reparut, très émue.

— On va à Berlin, annonça fièrement Sacha.

Les autres avaient compris. Sacha se leva et déclara solennellement :

— Je reviendrai quand la guerre sera finie et, avec votre permission, je vous demanderai la main de Krystyna.

Jurek traduisit.

Krystyna se cacha le visage dans ses mains. Il régnait un silence tendu. Les regards se tournèrent vers le père.

— Accepteriez-vous de vous convertir au catholicisme ?

Sacha avait compris, mais il attendit que Jurek ait fini de traduire.

— Oui.

Le courant était passé.

— Nous attendrons et nous prierons pour vous, conclut le père.

La mère battit des mains, bouleversée.

— Encore une chose, poursuivit le soldat. Je voudrais vous laisser l'enfant.

Embarrassé, Jurek traduisit. Tous les yeux étaient braqués sur lui.

— Comment t'appelles-tu ? interrogea le père.

— Jurek Staniak.

— Tu es catholique ?

— Oui.

— Que fais-tu avec lui ?

— Il m'a trouvé dans un champ.

— Tu sais bien le russe, remarqua la femme.

— Je suis avec eux depuis cet été.

Puis ce furent les questions d'usage sur ses parents, d'où il venait, où il avait passé tout ce temps, et les réponses habituelles.

— Et que sais-tu faire ? demanda le fermier.

— Je peux m'occuper des cochons, garder les vaches, donner à manger aux animaux. N'importe quoi.

— On le garde, dit la femme.

Le père approuva d'un signe de tête.

L'heure du départ avait sonné. Sacha se leva, imité par Jurek.

— Non, toi, tu restes.

— Déjà ? s'écria Jurek, consterné.

Il se rassit. Sacha dit adieu à tout le monde. Puis il prit Jurek dans ses bras et l'embrassa.

— Tu seras bien ici. Ce sont de braves gens.

— Tu as envie de manger autre chose ?

Sacha ne cacha pas sa surprise. Il regarda le poing fermé de Jurek, qui ouvrit la main, dévoilant son briquet. Sacha hésita, l'embrassa et accepta le cadeau.

— Je t'accompagne, dit Krystyna en courant chercher sa pelisse.

— Il neige ! lui cria sa mère.

— Ça ne fait rien, dit son père, mais ne t'éloigne pas.

Sacha et le fermier échangèrent une poignée de main, puis Sacha baisa les mains de la mère. Jurek se demandait pourquoi le père avait parlé du catholicisme. Ils étaient pourtant tous chrétiens. Mais il se retint de poser la question.

Krystyna et Sacha sortirent. Les parents se précipitèrent à la fenêtre, Jurek sur leurs talons. Dehors, il neigeait effectivement. Sacha et la jeune fille s'enlacèrent devant tout le monde. Les soldats étaient prêts à partir. Ils acclamèrent leur camarade en le voyant apparaître avec sa fiancée. Sacha et Krystyna s'embrassèrent et la jeune fille revint en courant à la maison, les joues en feu.

— Sacha n'est pas catholique ? hasarda Jurek.

— Non, les Russes sont différents, répondit le fermier.

Sacha n'avait pas l'air « différent » aux yeux de Jurek.

— C'est loin, Berlin ?

— Tu parles trop, gronda le paysan.

— C'est très loin, soupira Krystyna.

— Du calme, intervint sa mère. De toute façon, il est russe et on ne sait même pas d'où il sort.

— Maman ! protesta la jeune fille.

— Voyons d'abord s'il revient, conclut son père.

16

La guerre est vraiment finie. Deux âmes pécheresses.

Au début du printemps, cette année-là, la Vistule déborda et inonda toute la région. Une fois les digues brisées dans ces vastes plaines, rien ne pouvait plus arrêter les eaux, qui déferlèrent sur des kilomètres. Les vaches dans l'étable se mirent à meugler. Jan, le journalier, se réveilla le premier, et en dégringolant du râtelier où il dormait avec Jurek, il se retrouva les pieds dans l'eau.

— Jurek ! Réveille-toi ! Une inondation !

Dans l'écurie, les chevaux hennissaient de peur. L'eau envahit les dépendances avant d'atteindre la maison, bâtie sur une hauteur.

Jurek descendit à son tour et tâtonna autour de lui. Tout était submergé.

— D'où elle vient, cette eau ?

— La Vistule a débordé. Va vite sortir les chevaux.

— La Vistule ? Mais c'est très loin.

— Ce n'est pas le moment de discuter. File ! Je m'occupe des vaches.

Jurek barbota dans l'eau qui lui arrivait à la cheville. Il avança à l'aveuglette jusqu'à l'écurie. Les chevaux s'agitaient, ils ruaient comme s'ils comprenaient ce qui se passait. Il les détacha et ils galopèrent dehors. Ensuite, il alla frapper à la porte de la maison.

— Maître Wojcieh ! Une inondation ! Une inondation !

La lampe à pétrole éclaira les fenêtres d'une lueur jaunâtre. La porte s'ouvrit.

— Ma femme ! Une inondation ! Va réveiller Krystyna ! cria Wojcieh Cherka.

— Les cochons ! s'exclama sa femme.

Sur ces entrefaites, Jan arriva et tout le monde pataugea jusqu'à la porcherie. Chacun s'empara d'un ou deux porcelets qu'il ramena à la maison. La truie se traîna pesamment derrière eux en poussant des grognements de protestation. Elle les suivit dans la maison. Le paysan ferma la porte mais l'eau pénétrait à l'intérieur par les interstices entre les planches.

— On va au grenier ! dit le fermier.

— Et les chevaux et les vaches, que vont-ils devenir ? demanda Jurek, resté seul avec Jan.

— Ils vont nager si l'eau monte encore. Ils trouveront peut-être une colline où s'abriter. Et ils reviendront s'ils ne se sont pas noyés d'ici là. Ne parle pas de ça sinon le maître va t'en ficher une.

Ils se mirent à déménager les meubles au grenier.

Le jour se leva, gris et brumeux. La truie flottait en bas, appuyée à l'escalier. L'eau était montée jusqu'aux fenêtres. Quand on y vit un peu plus clair, le fermier, aidé de Jan, la hissa en haut de l'escalier, tandis que sa femme, Krystyna et Jurek empêchaient les porcelets de s'échapper. Ils se mirent à grogner en voyant leur mère, qui leur répondit en criant et en gémissant. Elle finit par se laisser faire et on parvint à la hisser au grenier.

Le paysage s'était métamorphosé. Du bosquet proche, seuls émergeaient les sommets des arbres, et on ne voyait plus que les toits des maisons du village. Les voisins n'étaient pas mieux lotis. Ils se cramponnaient aux échelles scellées aux toits, ou aux cheminées. Certains tenaient un bébé dans les bras, d'autres un porcelet. Et il pleuvait toujours.

L'après-midi, des canots pneumatiques, avec à leur bord des soldats polonais, vinrent secourir les habitants. Jurek n'en revenait pas. Des soldats polonais en uniforme ! La guerre était donc vraiment finie. Les soldats aidèrent les habitants à descendre de leur perchoir.

— Nous restons ici, leur cria Wojcieh Cherka depuis la lucarne du grenier quand leur tour arriva, mais emmenez le gosse, il n'est pas à nous et je ne veux pas en prendre la responsabilité.

Il souleva Jurek jusqu'à la lucarne et le remit au soldat.

L'homme l'installa parmi les adultes, les bébés et les porcelets qui encombraient l'embarcation. Ils s'éloignèrent. Jurek se retourna pour dire au revoir à la famille Cherka. Penchée à la fenêtre, Krystyna agitait la main.

Ils voguaient sur l'eau qui s'étendait à perte de vue entre les villages noyés et les cimes des arbres. Personne ne parlait. Tout le monde était plongé dans ses pensées et veillait à ne pas bouger de peur de faire chavirer le canot. Ils arrivèrent à une agglomération, dans la partie du fleuve où les digues avaient résisté, et accostèrent à une jetée. L'un des soldats amarra le bateau et les passagers débarquèrent avec précaution sur les planches glissantes. On les conduisit à l'église.

— Où sont tes parents ? demanda l'un des sauveteurs à Jurek quand tout le monde fut à l'intérieur.

— Je n'en ai pas.

— J'ai l'ordre d'emmener les orphelins à l'orphelinat.

Jurek haussa les épaules avec indifférence.

— Attends-moi là, je vais voir s'il y a d'autres enfants dans ton cas.

À son retour, Jurek avait disparu. Il était parti chercher une place à sa convenance. Il voulait être dans une famille, pas à l'orphelinat. Au centre de la bourgade, il y avait des maisons et des boutiques et, à l'extérieur, des fermes avec leurs dépendances. Ici et là, on voyait des maisons détruites ou brûlées, des arbres cassés et calcinés. Un tank noir de suie avait échoué dans un fossé. Il parvint à une petite ferme bordée de champs, entra et inspecta les lieux. Il y avait quelques bâtiments et deux charrettes rangées dans la cour. Un grand chêne déployait ses branches nues au-dessus du toit de chaume. L'endroit lui plut et il alla frapper à la porte. Un homme ouvrit. Jurek se demandait si c'était un fermier, un journalier ou un artisan.

— Que Jésus-Christ soit béni, dit Jurek.

— Pour les siècles des siècles, amen.

Jurek glissa un œil à l'intérieur. Il vit une vaste pièce avec un grand lit. Il y avait une lampe à pétrole sur la table. Le poêle ronflait. Une femme tricotait. Sans s'interrompre, elle leva les yeux pour le regarder. Assis à la table, un enfant qui semblait avoir son âge était en train de dîner. Il lui sourit et Jurek lui sourit à son tour.

— Tu es l'une des victimes de l'inondation ?

— Oui.

— Entre. Tu dois avoir faim.

Jurek s'installa à côté du garçon. L'homme plaça une assiette devant lui. Jurek commença à manger, mais il était si fatigué après cette nuit blanche que ses yeux se fermaient malgré lui.

— Le petit a sommeil, remarqua la femme.

Elle se leva, sortit une couverture de l'armoire et la tendit à Jurek.

— Tadek, prends la lampe et accompagne-le, ordonna-t-elle à son fils.

— Attention à ne pas mettre le feu, ajouta le père. Rapporte tout de suite la lampe.

Tadek prit la lampe sur la table et conduisit Jurek à l'étable. Elle était petite et abritait quatre vaches. Il n'y avait pas de râtelier. Tadek éclaira une paillasse dans un coin. Jurek posa la couverture à côté. Alors que Tadek retournait à la maison, il dormait déjà.

Il resta chez les Kowalski. M. Kowalski était forgeron et maréchal-ferrant, et il possédait également une petite ferme et un potager. À part les vaches, il avait deux chevaux, des cochons et des poules. Maintenant que Varsovie était en grande partie détruite et que les Russes avaient passé leur chemin, il n'y avait plus beaucoup de chevaux à ferrer. Il était devenu voiturier, ce qui consistait principalement à transporter les gravats et les briques des maisons en ruine. Tadek et Jurek le secondaient. Ils l'accompagnaient parfois en ville ou bien ils s'occupaient des animaux en son absence. Chaque fois que M. Kowalski voulait les envoyer en classe, ils se sauvaient et faisaient l'école buissonnière toute la journée. Impossible de les raisonner.

Lors d'une de leurs équipées en ville, M. Kowalski leur avait montré un quartier complètement détruit et incendié :

— C'était le ghetto des juifs, expliqua-t-il.

Jurek n'en croyait pas ses yeux. Il revit instantanément les maisons et les rues, ses parents, les vagues silhouettes de ses frères et de ses amis. On aurait dit que rien n'avait jamais existé.

Le dimanche, Jurek accompagnait sa nouvelle famille à l'église. Le matin, il se lavait à l'abreuvoir de l'écurie, enfilait le costume de rechange de Tadek et chaussait les godillots de l'armée russe.

Un jour, Tadek partit avec son père en ville tandis que Jurek restait à la ferme pour aider Mme Kowalski. Une fois son travail terminé, il se mit en quête de compagnons de jeu dans la rue. Les enfants étaient encore à l'école et il se retrouva sans savoir comment devant l'église. Il hésita et entra. L'endroit était désert. Tout était silencieux, contrairement au dimanche, quand l'église était pleine à craquer. Il s'assit non loin de l'autel et regarda autour de lui. Une porte grinça et le curé apparut. Il portait une simple soutane et pas les beaux habits qu'il revêtait pour la messe.

— Tu fais l'école buissonnière ? plaisanta-t-il.

— Non. Je passais par là, c'est tout.

— Comment t'appelles-tu ?

— Jurek Staniak. J'habite chez les Kowalski.

— Ah oui, les victimes de l'inondation. Tu veux m'aider à transporter une table ?

Soudain, il nota son moignon.

— Oh, ça ne fait rien, je vais me débrouiller tout seul.

— Je peux le faire, mon père, rétorqua Jurek, vexé.

Le prêtre comprit sa bévue. Il hocha la tête et Jurek l'aida à déménager la table dans le bureau.

— Veux-tu du thé ?

— Oui, merci.

Le curé prépara le thé et posa une assiette de biscuits sur la table où tous deux s'installèrent.

— Quel âge as-tu ?

Jurek réfléchit.

— Dix ans, je pense.

— Tu as fait ta communion ?

Jurek savait ce dont il s'agissait. Il avait souvent vu des garçons et des filles se rendre solennellement à l'église. Les garnements avaient soudain l'air de messieurs, et les filles, dans leurs longues robes blanches, une couronne de fleurs dans les cheveux, ressemblaient à des princesses.

— Non.

— On va bientôt célébrer une communion collective. J'en parlerai à ta famille.

Ressemblerait-il aux autres enfants du village ? Jurek avait peine à le croire.

Il revint souvent à l'église. Il ôtait la poussière, sarclait le jardinet, coupait du bois pour le réchaud de la cuisine et discutait avec le curé autour d'une tasse de thé.

— Comment as-tu perdu ta main ? lui demanda le prêtre un jour.

— Elle a été prise dans une machine. Mais un fumier de médecin n'a pas voulu m'opérer et m'a laissé toute la nuit dans le couloir.

— Pourquoi a-t-il fait ça ?

— Je ne sais pas.

— Il ne t'a pas dit pourquoi ? insista le curé.

— Je ne me souviens pas.

— Qui t'a opéré alors ?

— Un autre médecin est arrivé le lendemain, mais il a dû me couper la main à cause de la gangrène.

Plus tard, le prêtre lui raconta qu'il était avec les partisans pendant la guerre.

— Où ?

— J'ai passé une année dans la forêt de Kampinoski.

— Moi aussi j'y étais ! s'exclama Jurek, ravi. L'été, je m'arrêtais souvent de travailler dans les fermes pour retourner dans la forêt.

— J'y ai même rencontré une bande d'enfants juifs, signala le curé.

Jurek lui lança un regard inquiet, mais le prêtre le regardait affectueusement.

— Tu n'as jamais vu des partisans ?

— Si, une fois. Ils ont tué mon chien à cause d'un autre qui l'avait mordu et qui était enragé.

Jurek lui parla d'Azor avec beaucoup de chagrin.

Un groupe d'écoliers de neuf à dix ans, qui n'avaient pas pu faire leur communion à cause de la guerre, se préparaient à la cérémonie prévue pour le mois de mai. M. Kowalski se plaignit de devoir payer de sa poche la préparation de Jurek et de son fils alors que l'école assurait celle des autres enfants.

— On fait venir le curé ? proposa sa femme.

— Certainement pas ! On se contentera d'un séminariste.

— Bon, on le dédommagera avec une douzaine d'œufs.

— Tant pis ! L'essentiel, c'est de sauver les âmes pécheresses, gloussa M. Kowalski.

Le jour dit, lavés, peignés et endimanchés, les deux garçons attendirent le séminariste avec impatience. Le jeune homme leur parla longuement. Il leur expliqua la nature des péchés, les péchés mortels pour lesquels on allait en enfer ainsi que les péchés véniels, et comment on devait expier et se confesser.

— Alors on ne va pas en enfer ?

— Quand on s'est confessé et qu'on a fait pénitence, on reçoit l'absolution. Mais il faut tout avouer, sans rien omettre, sinon l'âme reste souillée et on ne peut plus rien faire.

Jorek savait ce qu'il devait confesser. Est-ce qu'être juif était un péché ? Un péché mortel ? Irait-il en enfer à cause de ça ? Il priait Jésus et la Sainte Vierge, surtout le soir, et il tripotait souvent la croix et la médaille qu'il portait au cou et dont il ne se séparait jamais.

Le samedi, les deux garçons allèrent à confesse. Jurek avait appris par cœur ce qu'il devait dire en entrant dans le confessionnal, il se signa et récita devant la grille qui le séparait du curé :

— J'ai péché devant Dieu pour avoir volé des poules, des œufs, des légumes, des fruits et même la veste d'un fermier.

Il s'arrêta. Il entendait son père lui dire : « N'oublie jamais que tu es juif. » Est-ce qu'être juif était un péché ? Devait-il le confesser ? La question l'obsédait.

— Je ne me rappelle plus mes autres péchés, mais je me repens de les avoir commis et je promets de m'amender à l'avenir.

Alors qu'ils s'apprêtaient à dîner, ce soir-là, les deux amis eurent la surprise de voir deux costumes blancs – pantalons, chemises, gilets et cols de dentelle – étalés sur le lit des parents au pied duquel étaient disposées deux paires de chaussures vernies.

— C'est ce qu'on va mettre demain ? demanda Jurek, ébahi.

— Oui, dit Mme Kowalski. Demain matin, je ferai chauffer de l'eau et vous prendrez un bon bain. Ces habits, je les ai empruntés aux voisins.

— Je me laverai à l'abreuvoir, s'insurgea Jurek.

— Tu ne peux pas te laver à l'abreuvoir avec du savon, protesta Mme Kowalski.

— Tu vas faire ce que Mme Kowalski te dit, dit sèchement son mari.

Jurek était désespéré.

— Il y a un rideau entre le mur et l'armoire pour isoler le baquet, gros bêta, s'esclaffa Mme Kowalski qui se leva pour le lui montrer.

— Il faut bien manger ce soir, parce que, demain, vous devrez jeûner, annonça le père.

— Et sans boire, renchérit la mère.

Les deux garçon soupirèrent.

— Jusqu'à quand ?

— Jusqu'à la fin de la cérémonie, à midi.

Le lendemain matin, un gros morceau de savon noir, posé sur un tabouret à côté du baquet, et un seau d'eau chaude les attendaient.

— C'est mieux qu'à l'abreuvoir, hein ! commenta Mme Kowalski en peignant son fils, les cheveux encore humides du bain. Déshabille-toi, entre dans le baquet et frotte-toi bien. Si tu n'y arrives pas tout seul, M. Kowalski viendra t'aider.

— Non, ça ira.

— Quand tu te seras séché, tu enfileras ton caleçon et je viendrai pour le reste, dit-elle en lui passant par-dessus le rideau quelque chose que Jurek n'avait jamais vu – une culotte courte en tissu léger.

— Qu'est-ce que c'est ?

— Tu n'as jamais vu de caleçon ?

— Si, quand j'étais avec les soldats russes, on m'en a donné un l'hiver, mais il était long, parce qu'il faisait froid.

— Bon, à partir d'aujourd'hui, tu mettras toujours un caleçon sous ton pantalon.

Jurek enfila le caleçon et émergea de derrière le rideau. Comme il ne parvenait pas à se dépêtrer de ces habits de cérémonie, Mme Kowalski vint à son secours, en mère experte. Elle dut s'y reprendre à deux fois avec le peigne et la brosse pour discipliner ses mèches rebelles. Puis elle lui passa le col en dentelle et le mena devant son miroir.

Jurek n'en revenait pas. Il voyait un étranger. Sauf qu'il était manchot lui aussi.

La cérémonie était impressionnante. Les garçons portaient des cierges, et les filles, des fleurs de lis blanches. La messe dura plus longtemps que d'habitude et l'estomac de Jurek gargouillait de faim. Tous les enfants furent enfin invités à monter à l'autel. Chacun s'agenouilla pour recevoir l'hostie. La fine rondelle blanche acheva de lui ouvrir l'appétit et Jurek se demanda quand il pourrait enfin rentrer déjeuner à la maison.

17

Les ravisseurs. Un de ces jours, je vous tuerai.

Jurek demeura toute l'année chez les Kowalski. Le temps passant, il y avait de moins en moins de déblais à transporter, et M. Kowalski se remit à sa forge. Jurek était fasciné par le feu, le soufflet, le fer rouge, le marteau manié d'une main experte par le forgeron qui donnait au métal la forme d'une hache, d'un sabot, d'une faux ou d'une faucille. Jurek avait trouvé le moyen d'actionner le soufflet d'une main et de l'épaule, mais pour ce qui était des longues tenailles, il lui fallait les deux mains. Jusqu'au jour où son patron eut l'idée de lui fabriquer des tenailles spéciales dont l'extrémité droite variait en fonction de l'ouverture et que Jurek pouvait actionner d'une seule main. Jurek sut vite retirer le fer rouge et le déposer rapidement sur l'enclume. Ensuite, il le retournait en suivant les directives de M. Kowalski, mais, très vite, il put se débrouiller tout seul pour lui donner la forme voulue.

Derrière la maison, s'étendaient les champs, verts au printemps, jaunes l'été, d'un blanc immaculé l'hiver. L'hiver, il disputait des batailles de boules de neige avec les autres enfants et, l'été, il allait nager dans la Vistule en compagnie de Tadek. Le chemin serpentait entre les prés et les bois. À présent, il pouvait se baigner avec les autres grâce au caleçon que lui avait donné Mme Kowalski. Pourtant, à la première tentative, il faillit se noyer et ce fut Tadek qui le repêcha.

— Pourquoi tu ne m'as pas dit que tu ne savais pas nager ?

— Mais si, je sais.

Il apprit à nager à l'indienne en se servant d'un seul bras.

Il s'y rendait souvent seul : il aimait s'asseoir sur la rive pour regarder passer les bateaux, les barges tirées par des remorqueurs et les voiliers, pareils à des papillons blancs posés sur l'eau. Un jour, lui aussi aurait un bateau et il partirait loin, très loin, jusqu'à la mer, rêvait-il.

Un beau matin, une voiture s'arrêta devant la maison des Kowalski. Jurek, qui se trouvait dehors, s'approcha par curiosité. Ce n'était pas tous les jours qu'on voyait une auto à Wawer. Un homme élégamment vêtu en sortit et lui demanda où habitait la famille Kowalski.

— Ici, répondit Jurek.

— C'est toi Jerzy[1] Staniak ?

— Oui.

L'homme se présenta. Il avait un nom allemand, il était peut-être juif, se dit Jurek.

— J'aimerais te parler, dit l'homme. Monte une minute dans la voiture.

L'inconnu ouvrit la portière. Jurek eut peur. Il se méfiait. L'auto qui, tout à l'heure, le fascinait était probablement un piège. Il se précipita à la forge en criant :

— Il y a quelqu'un qui veut m'enlever !

M. Kowalski sortit armé de son marteau. L'homme se présenta. M. Kowalski s'essuya soigneusement une main à son pantalon et la lui tendit.

— Puis-je vous parler en privé ? demanda l'homme.

— Je vous en prie, dit M. Kowalski en l'invitant à entrer.

Jurek attendit nerveusement dans la cour. On l'appela quelques minutes plus tard.

— Je suis juif, lui dit l'étranger. Je viens d'Amérique. Toute ma famille a été exterminée au ghetto de Varsovie. J'assistais à l'Exposition internationale de New York quand la guerre a éclaté et je n'ai pas pu rentrer. C'est ce qui m'a sauvé, ajouta-t-il sur un

1. Jurek est le diminutif de Jerzy.

ton d'excuse. Je voudrais t'adopter. Tu seras heureux avec moi.

— Je ne suis pas juif, dit Jurek en effleurant la croix et le médaillon suspendus à son cou.

— J'ai obtenu ton nom par le *Joint*[1], à Varsovie. Il figure sur la liste des orphelins juifs. Je t'emmènerai en Amérique. Tu auras des précepteurs jusqu'à ce que tu puisses aller à l'école. Je te donnerai tout ce que tu voudras.

— Non, s'obstina Jurek, je ne suis pas juif.

— Je suis certain que tu sais que tu es juif. Tu es intelligent, la guerre t'a appris à dissimuler tes origines à tout prix, et c'est ce que tu continues à faire. Mais un jour ou l'autre, tu finiras par retourner à tes racines. Je suis prêt à veiller sur toi et à remplacer ta famille.

— J'en ai déjà une, et je ne veux pas de précepteurs. Je n'ai pas envie d'aller à l'école non plus, je veux rester ici.

L'homme prit congé et s'en alla. L'auto démarra, poursuivie par une bande de gamins, pieds nus, qui agitaient la main.

— Il y avait beaucoup d'argent à gagner, mais tu n'es pas à vendre, remarqua M. Kowalski après son départ.

1. Le Joint était la principale organisation juive d'assistance, elle fut créée aux États-Unis en 1914.

— Il croit que je suis juif.

— Bon. Jésus était juif lui aussi au début, remarqua Mme Kowalski. Tu as fait ta communion, donc pour nous, tu es chrétien.

— Mais il faut que tu saches que d'autres juifs viendront ici et qu'ils essaieront de t'emmener avec eux, ajouta M. Kowalski.

— Qu'ils essaient, personne ne m'emmènera si je ne veux pas.

Le soir, il fut incapable de prier. Il ne savait pas quel était le plus grand péché, renier Jésus et la Vierge Marie auxquels il s'était raccroché pendant ses années d'errance, ou trahir la promesse faite à son père de ne jamais oublier qu'il était juif.

Il y eut encore deux ou trois visites. Il s'agissait de jeunes gens qui lui parlaient d'une maison d'enfants, de l'école, de vêtements propres et de cours de gymnastique, comme s'il était évident que ces choses-là lui apporteraient le bonheur. Mais plus ils entraient dans les détails, plus Jurek était inquiet. On avait beau lui promettre monts et merveilles, il y voyait les pires tortures.

Un jour d'automne pluvieux, un pick-up arriva avec deux hommes à son bord. La portière s'ouvrit et un jeune homme en descendit. Le conducteur resta à l'intérieur. L'homme s'adressa à Jurek.

— Je m'appelle Moshe Frenkiel.

Jurek comprit immédiatement.

— Je ne suis pas juif et je ne vous suivrai nulle part.

L'homme essaya de l'attraper, mais Jurek fut plus rapide. L'autre s'en alla, mais la voiture et le chauffeur ne bougèrent pas. Jurek se douta qu'il allait revenir.

— Tadek, amène l'échelle !

Tadek apporta l'échelle en courant et les deux garçons l'appliquèrent contre le tronc du chêne, dans la cour. Jurek bourra ses poches de cailloux, grimpa et s'accroupit à l'endroit où le tronc se ramifiait en trois branches. Il attendit anxieusement. De loin, il vit l'homme revenir en compagnie d'un policier. Il ne s'attendait pas à ça.

— Enlève l'échelle, vite ! cria-t-il à Tadek.

L'homme et le policier entrèrent dans la cour.

— Ramène l'échelle ! ordonna le policier à Tadek.

Tadek refusa. Dans l'intervalle, ses parents avaient surgi et des voisins s'étaient rassemblés près de la clôture. Le policier pria M. Kowalski d'aller chercher l'échelle. Ce dernier s'exécuta et l'appuya contre le tronc de l'arbre.

— Celui qui ose approcher, je lui casse la tête avec une pierre ! menaça Jurek en agitant un caillou.

Moshe Frenkiel, qui l'en croyait capable, ne s'y risqua pas. Il tenta vainement de l'amadouer. Après une brève concertation, le policier saisit son fusil, il l'arma et tira. Épouvanté, Jurek dégringola à toute vitesse. L'homme l'empoigna fermement.

— M. Kowalski, cria Jurek qu'on traînait de force vers la voiture, je reviendrai, ne vous en faites pas !

Il espérait que Frenkiel le ferait monter à l'arrière du pick-up mais celui-ci avait compris à qui il avait affaire. Il sortit une corde, ligota Jurek, l'installa à côté du conducteur et alla s'asseoir derrière.

La voiture les conduisit à Varsovie, au Praga, un quartier situé sur la rive droite de la Vistule. L'orphelinat se trouvait rue Jagiellonska. Moshe Frenkiel le fit descendre, il le libéra et l'emmena dans son bureau. Il verrouilla la porte et commença l'interrogatoire.

— Comment t'appelles-tu ?

— Jurek Staniak.

— Impossible, tu es juif.

— Je ne suis pas juif.

— Bon, tu sens mauvais et tes vêtements grouillent de poux. Tu vas te laver et on en reparlera après.

Moshe Frenkiel appela un grand type qui emmena Jurek dans une pièce aux murs blancs et brillants et au sol lisse comme à l'église. Des robinets et des lavabos blancs surmontés de miroirs s'alignaient le long d'une des parois. En vis-à-vis, il y avait des cloisons de verre opaque avec, au-dessus, des tuyaux terminés par des pommes d'arrosoir.

— Qu'est-ce que c'est ? demanda Jurek qui avait déjà compris.

— Tu n'as jamais vu de douche ?

— Non.

Le garçon le fit asseoir sur un banc, il retroussa ses manches, prit une tondeuse et lui rasa la tête. Quand il eut terminé, il ramassa les cheveux et les jeta dans un seau.

— C'est à cause des poux, expliqua-t-il. Déshabille-toi et fourre tes guenilles ici.

Jurek obéit. Le garçon ouvrit deux robinets, il vérifia l'eau et lui enjoignit d'entrer dans la douche. Jurek tendit la main et constata que l'eau était chaude. Il avança et il y serait bien resté la moitié de la journée si on l'avait laissé faire. Mais le garçon ferma les robinets et lui demanda de se savonner.

— N'économise pas le savon. N'oublie pas la tête et derrière les oreilles, partout, et entre les orteils aussi. On a tout le temps.

Ce n'était pas un gros savon carré de lessive mais une savonnette ronde, glissante et parfumée. Il se savonna énergiquement, mais le savon n'arrêtait pas de lui échapper et de tomber par terre. Le garçon le ramassait en riant. Après que Jurek se fut rincé, il arrêta l'eau, le sécha dans une grande serviette, prit des vêtements posés sur l'étagère d'un placard et offrit de l'aider à s'habiller.

— Je peux me débrouiller tout seul.

Il y avait des sous-vêtements, des chaussettes, un pantalon, une chemise, une veste et des souliers marron. Tout neufs.

— Essaie les chaussures pour voir si elles te vont.

Elles ne lui allaient pas. Le garçon lui en apporta d'autres. Il le regarda les lacer d'une main avec curiosité. Une fois Jurek habillé de pied en cap, il le ramena auprès de Moshe Frenkiel.

— Il est vraiment juif, affirma-t-il en s'en allant.

L'homme s'approcha de Jurek et, subitement, il lui arracha sa croix et sa médaille de la Sainte Vierge, qu'il jeta dans le poêle. Jurek suffoqua. Il savait qu'il n'était pas le plus fort.

— Un de ces jours, je vous tuerai, lança-t-il, fou d'une rage impuissante.

— Si tu veux. Tu n'es pas le premier qu'on voit débarquer ici avec ce genre de babioles.

Il l'emmena dans un dortoir contenant trois lits. Des tables de chevet étaient placées à la tête des lits et trois chaises entouraient une table. Une armoire se dressait dans un coin.

— Tu logeras ici avec deux autres camarades, dit-il.

Là-dessus, il sortit et ferma la porte à clé.

Des bonbons et des fruits étaient disposés sur la table. Jurek mangea une pomme, fourra les friandises dans sa poche et s'approcha de la fenêtre. La pièce se trouvait au premier étage, au-dessus du rez-de-chaussée. Des garçons jouaient au football à l'angle de la maison. Il ne pouvait pas les voir, mais, de temps à autre, il y en avait un ou deux qui déboulaient, courant après le ballon – une vraie balle, en cuir. Il tenta d'ouvrir la porte. Elle était bel et bien verrouillée. Il y cogna à coups de poing. Personne ne répondit. Il alla à la fenêtre, qu'il ouvrit largement. Il se pencha au-dehors. La gouttière était toute proche. Il se hissa sur le rebord, s'agrippa à la gouttière d'une main et se laissa glisser sur le sol en s'aidant des jambes. Puis il fit le tour du bâtiment et rejoignit la bande.

— Tu es le nouveau ?

— Oui.

— Tu n'as plus de bras ?

— Non.

— Montre.

— Je n'ai pas envie. J'ai mes deux jambes.

Après une brève discussion pour décider dans quelle équipe il jouerait, Jurek s'intégra à la partie. Quelques minutes plus tard, il shoota de toutes ses forces dans le ballon, qu'il envoya par-dessus la clôture.

— C'est malin, tu vas le chercher maintenant, fulminèrent les autres.

C'était exactement son intention et la raison pour laquelle il était descendu avec sa nouvelle veste.

— Qui m'aide à escalader la clôture ?

Deux garçons lui firent la courte échelle pendant qu'il se hissait en haut. Il enjamba la clôture et sauta de l'autre côté. Il récupéra le ballon, qu'il leur renvoya d'un coup de pied, et détala.

— Pardon, madame, où est la gare, s'il vous plaît ? demanda-t-il à une vieille femme dans la rue.

— Ce n'est pas loin.

Elle lui montra la direction et lui énuméra les rues qu'il devait traverser. C'était superflu. Il ne savait pas lire. Il redemanda son chemin à des passants et finit par dénicher la gare. Là, on lui indiqua quel train il devait prendre pour Wawer et combien de gares l'en séparaient. Il monta dans un wagon, se cacha dans les toilettes, compta trois stations et descendit, sidéré d'être parvenu à destination.

Il retourna à la maison en sifflotant joyeusement. Mme Kowalski était là.

— Jurek ! s'écria-t-elle, ravie. Comme tu es beau ! Quels vêtements chics tu as ! Tadek et M. Kowalski sont à la forge.

Elle l'y accompagna.

— Vous voyez, M. Kowalski, je vous avais bien dit que je reviendrais.

— Les juifs ont de l'argent, commenta M. Kowalski en l'examinant. Pourquoi t'ont-ils rasé la tête comme un prisonnier ?

— C'est comme ça chez eux.

— Ils vont revenir te chercher ici, tu sais ?

— Oui. Vous n'aurez qu'à leur dire que vous ne m'avez pas vu, ils ne me trouveront pas.

Mais il n'eut pas le temps de mettre son projet à exécution. Sur ces entrefaites, deux policiers entrèrent dans l'atelier. Ils cherchaient un petit juif blond manchot.

Ils le ramenèrent à l'orphelinat.

18

Elle le fit rire.
Nous avons le même Dieu.

Après le petit déjeuner dans la salle à manger de l'orphelinat et une fois que ses deux compagnons de chambre furent partis à l'école, on lui dit de retourner au dortoir.

— Une dame va venir te parler.

Jurek projetait de décamper le plus vite possible. Il n'avait pas envie d'un autre interrogatoire. Il en avait par-dessus la tête. Toujours les mêmes questions : comment s'appelait-il ? D'où venait-il ? Qu'était-il arrivé à ses parents ? Avait-il des frères et des sœurs ? Ces questions auxquelles il n'avait pas de réponse lui donnaient la nausée. Il s'appelait Jurek Staniak. Oui, il se rappelait qu'il était juif. Oui, il avait des frères et des sœurs. Combien ? Il ne s'en souvenait pas exactement. Il enfila sa veste et ouvrit la porte. Sur le seuil, se tenait une femme aux cheveux blancs et au visage juvénile. Elle était petite, à peine plus grande que lui. Elle le regarda en face. Ses yeux souriaient. Elle lui tendit la main comme s'il était une grande personne. Il la serra. Sa peau était douce. Elle entra dans la chambre sans lâcher sa main, comme si elle guidait un petit enfant. Elle ne l'abandonna qu'une fois assise sur une chaise. Il s'installa sur son lit, en face d'elle. Et elle le fit rire. Par la suite, il fut incapable de se rappeler ce qu'elle lui avait raconté de si drôle. Elle créait autour d'elle une atmosphère particulière, agréable et réjouissante à la fois.

— Je m'appelle Mme Rappaport.

— Jurek Staniak, comme vous le savez.

— Oui.

Elle lui reprit la main et la caressa. Il ne la retira pas.

— Jurek, je rencontre tous les jours des enfants perdus comme toi. Des enfants qui ignorent qui sont leurs parents et d'où ils viennent, des enfants qui ont erré dans la forêt et à la campagne ou qui se sont cachés chez de braves gens. Nous en avons même trouvé dans des couvents ou des hospices. Tu sais pourquoi ?

— Oui.

— Je devine ce qui te fait souffrir. Je comprends.

Elle continua à parler d'une voix calme et chantante. Il ne distinguait plus les mots, ce n'était plus qu'un flot délicat de syllabes qui fusionnaient en une douce mélodie. Il sentait la tiédeur de sa main l'envahir et lui étreindre la gorge. Il se mit à pleurer à chaudes larmes sans comprendre ce qui lui arrivait. Mme Rappaport se leva, s'approcha et se mit à lui caresser le visage et la tête. Des grognements bizarres jaillirent de sa gorge. C'était comme si quelque chose s'était brisé en lui et qu'il se retrouvait à nu, sans défense. Il tenta vainement de se rétracter, de se barricader. La situation lui échappait, les digues avaient sauté, et il s'abandonna au sentiment d'impuissance, de faiblesse et de perte qui le submergeait en même temps que les larmes. Mme Rappaport prit sa tête entre ses mains tandis qu'il se laissait aller. Elle sanglotait elle aussi. Sans savoir comment, il se mit à parler. Elle s'était assise à côté de lui sur le lit et il posa sa tête sur ses genoux. Il lui raconta tout ce dont il se souvenait, tout ce qu'il avait oublié.

— Tu sais comment tu t'appelles ?

— Non.

— Tu avais des frères et des sœurs ?

— Oui, mais j'ai oublié leurs noms.

— Et tu te rappelles d'où tu viens ?

Il se rappelait le nom de la bourgade. Il revoyait même la boulangerie, la silhouette de son père éclairé par le four, la forge voisine, les maisons et, en face, la petite épicerie de Mme Staniak. Il essaya de se remémorer les visages. Celui de grand-père avec sa longue barbe blanche, les traits de sa mère. Il croyait distinguer ceux de ses frères et sœurs, mais ils étaient noyés dans l'ombre et il était incapable de retrouver leurs noms. Puis il revit son père endormi avec ses drôles de ronflements – on aurait dit le sifflement d'une locomotive. Il se revoyait monter sur le lit et arracher un brin de paille du matelas pour chatouiller la petite moustache de papa. Brusquement, son père avait le visage gris et hirsute du champ de pommes de terre, avec ses yeux brûlants, fixés sur lui, il perçut sa respiration et entendit sa voix : « Tu dois rester vivant, Jurek. » Non, il n'avait pas dit Jurek. Voilà, il était resté en vie, c'était pour ça qu'il avait oublié son nom, les noms de ses frères et de ses sœurs, il avait même oublié le visage de sa mère, qui avait sombré au fond du vide qui s'était creusé dans son cœur quand elle avait disparu.

Jurek se redressa et s'essuya les yeux d'un revers de main. D'une voix entrecoupée, il tenta de raconter à Mme Rappaport les souvenirs qui lui étaient revenus à la mémoire.

— Blonie, dis-tu ? Si on y allait, tu reconnaîtrais l'endroit ?

— Oui, la maison et la boulangerie aussi. Il y avait une forge à côté.

— Veux-tu y aller tout de suite ?

La voiture dans laquelle on l'avait enlevé était à leur disposition et tous deux se serrèrent sur le siège, à côté du chauffeur. Mme Rappaport posa son bras sur son épaule, peut-être simplement par manque de place. D'être serrés ainsi l'un contre l'autre réchauffa le cœur de Jurek.

— Vous voyez que ça aide quelquefois de n'avoir qu'un seul bras, plaisanta-t-il.

Elle ne rit pas et se contenta de l'attirer contre elle.

Ils franchirent la Vistule et, une bonne heure plus tard, ils arrivèrent à Blonie. Ils dépassèrent d'abord des fermes au toit de chaume flanquées de petites dépendances, avant d'arriver dans des rues bordées de maisons basses en bois ou moitié en bois moitié en brique.

— Voilà la boulangerie ! s'écria Jurek.

La voiture stoppa. La porte de la boulangerie était verrouillée. Il courut à la forge, où il n'y avait personne. L'endroit semblait désert. Il prit Mme Rappaport par la main et l'entraîna derrière lui. Quelques minutes plus tard, ils se trouvaient devant une maison à moitié en ruine.

— C'est ici qu'on habitait, dit Jurek, le cœur serré.

Son visage s'éclaira quand il tourna la tête de l'autre côté de la rue.

— L'épicerie de Mme Staniak ! clama-t-il en tirant à nouveau Mme Rappaport derrière lui.

Ils entrèrent. Une femme d'un certain âge se tenait derrière le comptoir. Elle écarquilla les yeux en voyant Jurek.

— Srulik ! fit-elle, pétrifiée.

Mme Staniak pâlit, posa la main sur son cœur et s'appuya lourdement au comptoir.

— Srulik, tu es vivant ?

Il se rappelait enfin son nom. Oui, c'était bien Srulik. Pas Jurek.

Mme Staniak se ressaisit, elle ferma sa boutique et les emmena chez elle. Elle leur servit du thé et des biscuits et s'assit à son tour.

— Ta mère et ton frère, David, ont été abattus sur la route, pas très loin de Blonie.

— Vous souvenez-vous du nom de famille de Srulik ?

— Bien sûr. C'est comme si vous me demandiez si je me souviens de mon propre nom. Frydman. Il ne se rappelle pas ?

— Non, il dit qu'il s'appelle Jurek Staniak.

Mme Staniak se mit à rire.

— Qui t'a donné ce nom-là ?

— Papa.

— Il pensait sans doute que ce serait facile à retenir. Je me souviens parfaitement de toute la famille. Nous nous connaissions bien. Mon mari et moi avons assisté un jour au *Seder*[1] et nous les invi-

1. Seder signifie « ordre » ; il s'agit de l'ordre dans lequel se déroule la Pâque juive et qui consiste essentiellement dans la lecture de la Hagada, le récit de la sortie d'Égypte à l'époque de Moïse, entrecoupée de différents actes rituels, et suivie d'un repas.

tions pour les fêtes. Srulik, tu te rappelles quand vous veniez chez moi pour voir le sapin de Noël ?

Il sourit. Il se souvenait. Il se rappelait ce qui s'était passé quand ils étaient rentrés, ses frères et lui, après avoir admiré le sapin décoré, avec les bougies et l'étoile. Leurs parents ne se trouvaient pas à la maison à ce moment-là. Son frère l'avait frappé avec un marteau pour percer un abcès qu'il avait sur la tête.

— Ta grande sœur s'appelait Faige. Au début de la guerre, elle s'est enfuie avec ton oncle en Russie. Ton autre sœur s'appelait Malka, et tes frères, Joseph et David. Et toi, tu étais le petit dernier, Srulik.

Mme Staniak lui sourit.

— Comment se nommaient son père et sa mère ? demanda Mme Rappaport.

— Son père s'appelait Hersz et sa mère, Riwa. Elle était très jolie.

Il s'efforça de revoir le visage de sa mère, toujours sans succès. En revanche, il se rappelait très bien son père. Pas sa figure toute maigre avec la barbe hirsute qu'il avait dans le champ de pommes de terre, mais son vrai visage.

Ils prirent congé de Mme Staniak. Elle l'embrassa et serra la main de Mme Rappaport.

— Maintenant, Srulik, on va rechercher ta sœur Faige, déclara Mme Rappaport en l'enlaçant tandis qu'ils rejoignaient la voiture.

— D'accord, mais je veux rester Jurek.

— Comme tu veux.

Pendant le trajet du retour, il demeura muet, plongé dans ses pensées. Des bribes de souvenirs remontaient à la surface. On faisait tourner un coq au-dessus de sa tête. On nettoyait la maison[1], on remplaçait les paillasses des lits. Il se rappelait l'endroit où se trouvait chaque lit – il partageait le sien avec son frère, David. Il revoyait le coin du bain, ou alors était-ce chez les Kowalski ? Il n'avait pas oublié non plus le seau qu'on déposait sur le balcon la nuit, en hiver, parce que les W.-C. se trouvaient dehors, dans une petite cabane en bois au-dessus d'une fosse creusée dans le sol. Il se souvenait du chapelier bègue chez qui son grand-père lui avait acheté un chapeau avec un bouton au milieu. Il se rappelait parfaitement l'armoire avec ses deux portes et les deux tiroirs du bas où sa mère cachait les gâteaux. Ses souvenirs se mêlaient, se muaient en un rêve bizarre.

— Jurek, réveille-toi !

Sa mère s'inclinait au-dessus de lui. Il savait qu'il rêvait et que la voix était celle de Mme Rappaport. Mais le visage de sa mère était toujours penché sur lui – la vision était aussi claire que si elle était

1. Il s'agit de rites de la Pâque juive.

réelle. Jurek s'y accrocha de toutes ses forces. Non, il ne l'oublierait plus jamais.

— Nous sommes arrivés, dit Mme Rappaport.

Il ouvrit les yeux. Il se souvenait du visage de sa mère.

La semaine suivante, Jurek était très ému en allant faire une visite d'adieu aux Kowalski. Entendant les coups du marteau, il se rendit directement à la forge.

— Je suis venu vous dire au revoir.

M. Kowalski continua à marteler le fer rouge. Tadek lui jeta un coup d'œil avant de se remettre au travail. Jurek patienta.

Mme Kowalski, qui avait aperçu Jurek par la fenêtre, survint sur ces entrefaites. Son mari posa le marteau et s'essuya les mains et le front.

— Il est venu nous dire au revoir, expliqua Tadek à sa mère.

Jurek avala sa salive.

— Je reste à l'orphelinat des juifs.

— Il faut respecter les volontés de chacun, commenta M. Kowalski.

— Que Dieu te garde, dit Mme Kowalski en l'embrassant sur le sommet du crâne.

— Nous avons le même Dieu, ajouta son mari.

Jurek fourra la main dans sa chemise et se tâta la poitrine, là où il n'y avait plus rien.

M. Kowalski tendit la main gauche et lui serra la main.

Tadek l'accompagna à la gare. Vu que lui non plus ne savait pas lire, ils durent demander leur chemin. Jurek acheta un billet pour Varsovie. Il y avait beaucoup de monde sur le quai. Quand le train arriva, on le bouscula, mais il réussit à monter en voiture et se précipita à une fenêtre. Tadek était toujours sur le quai. Il lui sourit. Jurek lui rendit son sourire.

Postface

Mme Rappaport se rendit à l'état civil pour consulter le registre des personnes revenues de Russie. Elle apprit que Mlle Faige Frydman était rentrée en Pologne puis repartie pour une destination inconnue. Quelques années plus tard, l'une des éducatrices de l'orphelinat immigra en Israël et promit à Jurek de rechercher sa sœur. Elle s'adressa au Centre du regroupement familial qui la retrouva effectivement. D'Israël, Faige envoya à Jurek une lettre et des photos d'elle-même, de son mari et de leurs deux enfants. Entre-temps, Jurek avait appris à lire.

Jurek partit à l'orphelinat de Lodz. Il accomplit les huit années de l'école primaire en quatre ans et les quatre années du secondaire en deux ans, puis il entra à l'université. Au départ, il voulait s'inscrire en histoire et marxisme mais, quand il l'apprit, son professeur principal, au lycée, se mit en colère.

— Tu es idiot ou quoi ? Qu'est-ce que c'est que ces bêtises ? Et si un jour tu décidais d'immigrer en Israël, que ferais-tu avec l'histoire polonaise et le marxisme ? Tu es excellent en mathématiques. C'est dans cette branche que tu dois te diriger.

Jurek suivit son conseil.

Tant qu'il était à l'école, il logeait à l'orphelinat. À son entrée à l'université, il obtint une chambre sur le campus, une pension d'invalidité et une bourse d'études accordée aux meilleurs élèves.

Un samedi soir, Jurek et un ami prirent le tram pour se rendre au club des étudiants juifs. Soudain, Jurek aperçut par la fenêtre une très belle jeune fille en manteau rouge dans la rue. Sans réfléchir, il sauta de la voiture en marche et lui emboîta le pas. Au bout de quelques minutes, elle prit conscience qu'elle était suivie mais n'osa pas tourner la tête. Arrivée au club des étudiants, elle entra dans l'immeuble et monta l'escalier. Les pas résonnèrent derrière elle jusqu'à la porte sur laquelle était punaisé un mot : *Tout le monde est au théâtre.*

Elle s'affola. Elle se retourna et vit Jurek, la coqueluche de l'université, l'étudiant juif blond et manchot.

Elle s'appelait Sonia. Un an plus tard, malgré le grand amour qu'ils éprouvaient l'un pour l'autre, ils durent se séparer. Elle partit en Israël avec ses parents. Ils gardèrent un contact épistolaire.

À la fin de ses études, Jurek décrocha un poste d'assistant à l'École polytechnique. Ayant été en butte à l'antisémitisme à plusieurs reprises, il quitta la Pologne pour Israël. Là-bas, il retrouva sa sœur et épousa Sonia. Ils eurent deux enfants, une fille et un garçon.

En Israël, il changea son nom en Yoram. Il enseignait les mathématiques et était professeur principal.

En Pologne comme en Israël, il refusa de porter une prothèse. Enfant, il avait appris à se débrouiller d'une seule main et, aujourd'hui encore, il ne se défile jamais quand arrive son tour de faire la vaisselle.

Les premiers temps, il avait plusieurs fois raconté son histoire, mais personne ne l'avait cru. Quelques années après la guerre de Kippour, son lycée invita un conférencier – un mutilé de guerre amputé d'un bras et des deux jambes – pour parler des circonstances dans lesquelles il avait été blessé et de son rétablissement. C'est ce qui incita Yoram à reparler de son histoire. Cette fois, une surprise l'attendait. Un grand silence régnait dans la salle. Le public était saisi, bouleversé, ému aux larmes. Comme je l'ai été.

L'auteur,
Jérusalem, 2000

Pour en savoir plus...

Les deux certificats de Yoram Frydman

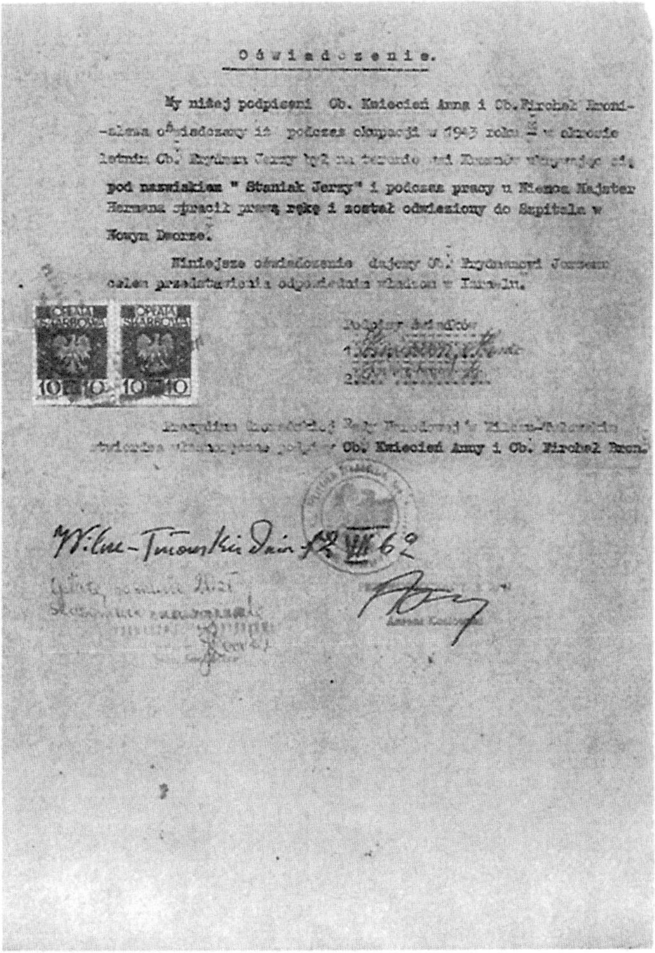

Oświadczenie.

My niżej podpisieni Ob. Kwiecień Anna i Ob. Pirchał Broni-[illegible] oświadczamy iż podczas okupacji w 1943 roku w okresie letnim Ob. Frydman Jerzy był na [illegible] ukrywając się pod nazwiskiem " Staniak Jerzy" i podczas pracy u Niemca Majster Hermana stracił prawą rękę i został odwieziony do Szpitala w Nowym Dworze.

Niniejsze oświadczenie dajemy Ob. Frydmanowi Jerzemu celem przedstawienia odpowiednim władzom w Izraelu.

Podpisy świadków
1. [illegible]
2. [illegible]

[illegible] Ob. Kwiecień Anny i Ob. Pirchał Bron.

[illegible]-Tomaszki dnia 12 VII 62

Attestation

Nous soussignées, la camarade Kwiecien Anna et la camarade Firchal Bronislawa, déclarons par la présente que sous l'occupation, durant l'été 1943, le camarade Frydman Jerzy se trouvait dans le village de Kromnow sous le nom d'emprunt de « Staniak Jerzy » et que c'est au service de l'Allemand Majster Herman qu'il perdit son bras droit et fut transporté à l'hôpital de Nowy Dwor.

Nous remettons cette attestation à Frydman Jerzy à l'intention des autorités d'Israël.

(Timbres fiscaux) *(Signatures des témoins)*

La présidence du Conseil national de la commune de Wilcze-Tulowskie certifie les signatures de la camarade Kwiecien Anna et de la camarade Firchal Bronislawa.

Wilcze-Tulowskie, le 12 juillet 1962

Timbres fiscaux
de 20zlotys
signatures
certifiées
conformes

Le président du
Conseil national
de la commune
Antoni Kozlowski

Hôpital régional

Dr Teodor Swiencicki à Nowy Dwor Mazowsze. Nowy Dwor Maz. 11 juillet 1962

Camarade... Staniak Jerzy... né en... 1934... adresse... Kromnow

hospitalisé/e à l'hôpital régional du... 20 juillet 1943

au... 25 septembre 1943... dans le service de... chirurgie

diagnostic... fracture du bras droit avec déboîtement du coude droit. Il a été pratiqué une amputation jusqu'au milieu du bras droit.

Le directeur de l'hôpital
Dr Franciszek Szwajd
(Signature)

La situation de la Pologne à travers les deux guerres mondiales.

Durant la Première Guerre mondiale, la Pologne fut conquise par les Austro-Allemands et séparée en deux zones d'occupation : allemande autour de Varsovie, et autrichienne autour de Lublin. À la fin de la guerre, la défaite des différentes puissances qui s'étaient partagé la Pologne à travers les siècles permit la proclamation du premier gouvernement polonais indépendant.

En 1939, Hitler veut récupérer le « couloir de Dantzig », qui donne un accès à la mer. C'est pour cette raison que les troupes allemandes envahissent la Pologne sans déclaration de guerre, le 1er septembre. Affaiblie par l'entrée des troupes soviétiques à l'Est, la Pologne capitule le 27 septembre (capitulation de Varsovie). Elle est alors partagée entre l'Allemagne (Pologne occidentale avec Varsovie et Cracovie), et l'U.R.S.S. (Ukraine et Biélorussie).

Durant l'occupation, les exécutions massives, les déportations vers les camps de concentration et les camps de travail se succèdent, et dès 1941, les Allemands créent dans la capitale polonaise le « ghetto », quartier isolé où plus de 500 000 juifs sont exterminés entre 1941 et 1943. Au moment où les troupes soviétiques atteignent la Vistule, les Allemands détruisent Varsovie. Libérée le 17 janvier 1945 par les armées soviétiques et polonaises, la ville, détruite à 87 %, ne compte plus que 120 000 habitants. Sa reconstruction durera jusqu'en 1949.

Uri Orlev

L'auteur est né à Varsovie, en Pologne, en 1931. Il vit actuellement à Jérusalem, ville moderne et chargée d'histoire, où se côtoient des peuples d'origines et de religions différentes.

Traducteur, auteur de romans et de scénarios pour la télévision, il a écrit plus de vingt-cinq romans pour la jeunesse et a reçu le prix Andersen en 1996.

Sylvie Cohen

La traductrice vit à Paris. Professeur d'hébreu, elle a enseigné de nombreuses années au lycée avant de se consacrer à la traduction de la littérature hébraïque contemporaine. Elle traduit aussi bien des romans pour adultes que pour la jeunesse, secteur qui a commencé à l'intéresser à la naissance de sa petite fille.

Aline Bureau

Aline Bureau est née à Orléans en 1971. Elle a étudié le graphisme à l'école Estienne puis la gravure aux Arts décoratifs à Paris. C'est dans l'illustration qu'elle s'est lancée en travaillant d'abord pour la presse et la publicité et depuis peu pour l'édition jeunesse. Elle est l'illustratrice des *Colombes du Roi-Soleil* de Anne-Marie Desplat-Duc.

Table des matières

ROMANS

Tout un monde de lecture
entre les mains.

TITRES DÉJÀ PARUS

Flammarion jeunesse

Chaân, la rebelle (tome 1)

Christine Féret-Fleury

3 500 ans avant notre ère, au cœur de la Préhistoire... Chaân, une jeune fille éprise de liberté, défie les lois de son peuple en apprenant à chasser en secret. Elle est alors rejetée par tous les habitants du village et par son propre père. Chaân semble prête à tout pour conquérir son indépendance. Mais saura-t-elle surmonter les épreuves qui l'attendent ?

« Non, elle ne laisserait personne l'empêcher de vivre à sa guise. S'il le fallait, elle se battrait. Elle supporterait les pires épreuves... »

Le premier épisode des aventures de Chaân.

Claudine de Lyon
Marie-Christine Helgerson

Claudine a onze ans, elle travaille dix heures par jour dans l'atelier de son père, à tisser de la soie. Mais cette vie épuise la petite fille qui tombe gravement malade. Pour guérir, elle part à la campagne. Claudine veut retrouver la santé et elle n'a pas envie de retourner à Lyon pour travailler. Ce qu'elle désire par dessus tout, c'est aller à l'école et réaliser son rêve : savoir lire, écrire et surtout dessiner.

« J'en ai assez de recevoir des ordres. Je veux choisir pour moi. Je sais bien ce que je ferai : j'irai à l'école, j'apprendrai des tas de choses et je ferai des dessins encore plus beaux que ceux de Carlo. »

Flammarion jeunesse

De Sacha à Macha

Rachel Hausfater et Yaël Hassan

Derrière son ordinateur, Sacha envoie des mails à des destinataires imaginaires, comme autant de bouteilles à la mer. Jusqu'au jour où Macha répond. Commence alors une bien étrange correspondance, pleine de tâtonnements mais aussi de confidences... Est-ce le début d'une belle amitié ?

« Tu m'as fait une de ces peurs ! J'ai eu l'impression que j'allais tomber dans un gouffre. Tu es la seule personne qui m'ait tendu la main : j'ai besoin que tu me la tiennes encore un peu. Beaucoup. Longtemps. Toujours. »

Flammarion jeunesse

Jonathan Livingston le goéland
Richard Bach

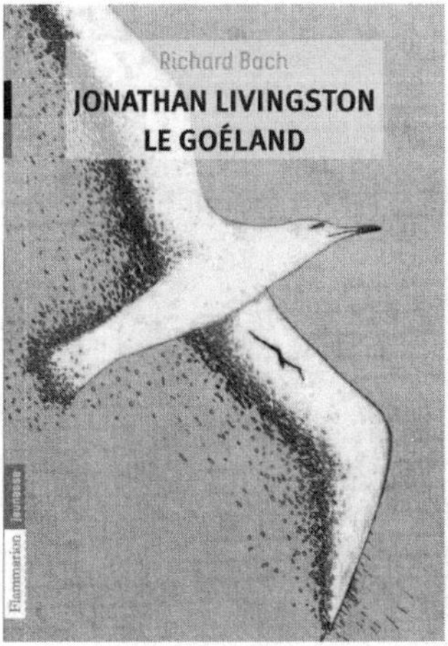

Jonathan Livingston n'est pas un goéland comme les autres. Sa seule passion, c'est de voler toujours plus vite, toujours plus haut. Incompris des autres goélands, il est chassé du clan. Il poursuit, solitaire, sa quête de liberté. Sera-t-il condamné à vivre son rêve seul ?

« Il remarqua qu'aux vitesses extrêmes plusieurs plumes dressées simultanément le faisait tournoyer comme une balle de fusil... Jonathan venait de réussir la première acrobatie aérienne de toute l'histoire terrestre des goélands. »

Jun-ling, une enfance chinoise

Adeline Yen Mah

Orpheline de mère, Jun-ling est le souffre-douleur de sa famille. Ses frères et sa sœur lui reprochent la mort de leur mère et son père la néglige. Soutenue par son grand-père Ye Ye et sa tante Baba, Jun-ling apprend à avoir confiance en elle et à partager leur amour des lettres. Elle y puisera la force de prendre son envol...

« Tu as à l'intérieur de toi quelque chose d'unique, de précieux, je l'ai toujours senti. Tu ne dois pas le gaspiller. Il faut leur prouver qu'ils ont tort. Promis ?
- Juré ! »

L'heure du renard

Marie-Claude Bérot

Isa est une petite fille peu ordinaire.
Elle connaît chaque plante, chaque animal, chaque étoile.
Elle aurait même de mystérieux pouvoirs...
Isa aime se réfugier dans la forêt où elle peut écouter
la nature lui souffler ses secrets. Un jour, à la tombée
du soleil, elle rencontre un renard sauvage.
Les destins de la bête et de l'enfant semblent liés...

« - Ne bouge pas, je vais revenir. Tu entends, je vais revenir.
Le renard, comme s'il avait compris, souleva ses paupières
et les laissa retomber. »

Flammarion jeunesse

L.O.L.A.
Claire Mazard

Qui adresse du courrier à Lola sans le signer ?
Pourquoi un inconnu l'a-t-il choisie comme confidente ?
Pour la jeune collégienne, ces lettres anonymes sont d'abord agaçantes, puis touchantes et finalement intrigantes.
Lola décide de mener son enquête.
La réponse est pourtant si proche d'elle...

« À la fin de la troisième lettre, en bas de la page, quelques lignes avaient été rajoutées : Je ne saurais te redire, Lola, combien cela m'aide de te raconter mon histoire. »

Flammarion jeunesse

L'île au trésor

Robert Louis Stevenson

Jim Hawkins, jeune garçon courageux, s'embarque sur un navire à la recherche d'un trésor enfoui sur une île déserte. Il se trouve alors aux prises avec des pirates patibulaires, dont un certain Long John Silver doté d'une jambe de bois. Cette aventure incroyable nous plonge dans un monde de pirates sanguinaires, plus vrais que nature, qui s'entredéchirent sur une île brûlée par le soleil. L'affrontement sera sans merci...

« En admettant que j'aie ici dans ma poche un indice capable de nous guider vers le lieu où Flint a enterré son trésor, croyez-vous que ce trésor serait considérable ? »

Flammarion jeunesse

Le col des Mille Larmes

Xavier-Laurent Petit

Galshan est inquiète : cela fait plus de six jours que son père, Ryham, chauffeur de poids lourds, aurait dû rentrer. Les journées sont interminables pour la jeune fille et chaque nuit elle fait le même cauchemar : un camion fonce sur elle avant de s'engloutir dans le vide. Tout le monde pense que Ryham a péri lors de la traversée du col des Mille Larmes. Galshan, elle, sait que son père est en vie...

« Galshan devint blanche comme un linge. Les images de son rêve explosèrent en elle avec une telle violence qu'elle s'appuya contre le mur pour ne pas tomber. »

Retrouvez Galshan dans « 135 jours en hiver ».

Flammarion jeunesse

Le diable dans l'île

Christian de Montella

1604. Un navire espagnol accoste une île
des Terres australes. Fils du commandant, Diego refuse
la barbarie de cette conquête : il combat... mais du côté des
indigènes. Avec eux, il découvre une nouvelle vie, heureuse.
Jusqu'au jour où des incidents sèment la panique :
un esprit diabolique rôde dans l'île !
Les habitants soupçonnent Diego...

*« J'étais dans une colère qui valait bien celle de leur yarimu,
de leur diable. Autour de moi, alors que l'incendie
rougeoyait, s'asphyxiait, faute de combustible, on chuchotait.
On chuchotait que, de mémoire d'homme,
aucune habitation n'avait jamais pris feu de la sorte. »*

Le merveilleux voyage de Nils Holgersson à travers la Suède

Selma Lagerlöf

Pour s'être moqué d'un lutin, Nils va être ensorcelé et devenir à son tour tout petit. Il décide alors de voyager à travers son pays, jusqu'en Laponie, tenant fermement par le cou Martin, un jars qui l'emporte dans les airs. Grâce à ce voyage, Nils va découvrir le monde. Prendra-t-il conscience de ses erreurs passées ?

« L'eau des canaux était limpide et scintillante. Pour Nils, c'était un vrai paradis : Je n'ai jamais rien vu d'aussi beau ! »

Le Seigneur sans visage
Viviane Moore

Tir à l'arc et duel au corps à corps sont au nombre des épreuves qui attendent le jeune Michel au château de la Roche-Guyon. Mais son apprentissage de chevalier est interrompu par une série de meurtres. Guillaume, le maître des lieux, reste reclus dans son donjon alors que son épouse, la belle Morgane, semble en danger... Prêt à tout pour la protéger, Michel percera-t-il enfin le secret du Seigneur sans visage ?

« Le silence retomba. J'étais sûr qu'Hervé venait aux nouvelles, curieux comme les autres, comme moi aussi, de tout savoir sur la mort du maître d'œuvre. »

Flammarion jeunesse

Imprimé à Barcelone par:

BLACK PRINT

Composé par Nord Compo Multimédia
7, rue de Fives, 59650 Villeneuve-d'Ascq

Dépôt légal : février 2012
N° d'édition : L.01EJEN000832.N001
Loi n° 49-956 du 16 juillet 1949
sur les publications destinées à la jeunesse